Die Sammlung *Van lüttje un grote Knevels* faßt fünfzehn, vorwiegend frühe Erzählungen zusammen.
Erstmals 1950 erschienen, war das Buch seit gut zwanzig Jahren vergriffen. So wird die Neuausgabe für viele, vor allem auch für jüngere Leser, eine Neuentdeckung bedeuten; sie macht zugleich das Frühwerk der niederdeutschen Autorin wieder allgemein zugänglich.
Wilhelmine Siefkes skizziert mit sparsamen und sicheren Strichen Begebenheiten aus dem Leben kleiner Leute und läßt uns teilhaben an ihren alltäglichen Freuden und Sorgen. Bei aller erzählerischen Distanz wird aber das verstehende Lächeln spürbar, mit der sie das Tun und Treiben ihrer »lüttje un grote Knevels« aufmerksam und genau verfolgt; auf moralisierende Nebengedanken verzichtet sie fast völlig.
Es ist bei dieser Autorin nur natürlich, daß ganz selbstverständlich das soziale Problem erkennbar wird, und es liegt nahe, die »Vertellsels« als frühe Fingerübungen zu »Keerlke«, dem wohl bedeutendsten Werk der niederdeutschen Schriftstellerin, anzusehen.
So schlicht und anspruchslos sich diese im besten Sinne volkstümlichen Geschichten geben mögen, so nimmt doch zuweilen aus einer Episode, aus wenigen Seiten ein menschliches Schicksal Gestalt an.
Geschrieben aus intimer Kenntnis des ostfriesischen Volkslebens und in unverfälschtem Rheiderländer Platt wirken die kurzen Erzählungen wie Momentaufnahmen einer uns manchmal fern erscheinenden, letztlich gar nicht so fernen Zeit.

WILHELMINE SIEFKES

Van lüttje un grote Knevels

Vertellsels

Verlag SCHUSTER Leer

Biographische Notiz

Wilhelmine Siefkes * 4.1.1890 Leer/Ostfriesld.; Lehrerin i.R., 1933 aus dem Schuldienst entlassen, lebt in Leer. Sie schrieb zahlreiche hoch- und plattdeutsche Romane, Erzählungen und Gedichte sowie eine Reihe von Hörspielen, Bühnenstücken und Märchenspielen und erhielt 1940 den Johann-Hinrich-Fehrs Preis und 1970 den Quickborn-Preis.

ISBN 3-7963-0199-1
4. bearbeitete Auflage 1984
(1.-3. Auflage Leer 1950, 1953, 1961: D.H. Zopfs & Sohn)

Lektorat und Glossar (Woorden): Theo Schuster
Einbandentwurf: A. Langwisch
Schrift: 10/12 Punkt Garamond
Gesamtherstellung: Hans Kock, Buch- und Offsetdruck GmbH, 4800 Bielefeld
Printed in Germany

Inhalt

Saterdagnamiddag

Saterdagnamiddag – dat was haast so fein as Sönndagmörgen, meende Diderk Penunn, as he na Huus hen trüllde. Alle Schoolsörgen bleven achter de grote Dören un kropen eerst Maandag weer vandag – un well wull wall sowiet denken?

Diderk leep in Hundjedrafft, un de Pentjedöse klapperde so luud in sien Mappe as de Hackiesders up dat rubberge Plaster.

Kiek, van hier ut sach man de Döörklinke tinkeln, ja, Dortje kwamm saterdags al en Stünne ehrder free, un dann kreeg Moder hör bi 't Putzen, un wenn alls, wat blank kunn, neet so wurr, dat se sük sülvst drin sach, dann muß Dortje dar weer bi. Moder Penunn was kittig.

»Foten oftreden!« reep se enerwors van achtern her, as Diderk de Döör open dee.

O Mann ja – haast harr he mit sien fule Klabasters over de rotschrubbde Steenen van de Gang lopen – Diderk bekeek de swarte Stee, de sien Sohlen up de Strohmatte trügg leten: dat harr wat geven!

He snüffelde: dat rook na Saterdag – gröne Seep un Arvtensopp streden um de Overhand.

Dar kwamm Vader ok al.

»Moin, Vader – mußt Foten oftreden!« stödde Diderk hum to.

»O — is 't weer so wiet?« knurrde Jan Penunn, »hett Moder weer Saterdag?«
»Ja, hew wi doch all, Vader!«
»Och, is doch en Dag as annern ok.«
»Man lange neet — is doch kien School!«
»So, darum! Ja, ji hebben 't goot —«
»Sünd ji dar al?« kwamm Moder to de Achterdöör in, »dann will wi man gau eten. Dortje —«
»Ik koom!«
Dar kwamm se anbösseln, de Achtjahrige, un hör Backjes wassen rot vör Iever.
»Hebben ji Fraulü 't weer so drock?« froog Vader, wiels Moder de Tellers vull scheppde.
»Ja, Vader, is doch Saterdag«, reep Dortje.
»Ji sünd mall mit jo Saterdag — as wenn ji de hele Weke nix deen, so stellen ji dat Huus up de Kopp!«
»Ja, na — anners is 't doch ok kien Sönndag«, see Moder.
»Warum neet? Mien Peerd un ik, wi fahren uns Rullwagen een Dag as de anner dör de Straten. Blot mörgen neet, un dann is Sönndag.«
»Ja — ji Mannlü!« meende Moder minnachtig.
»Un en Peerd — wat weet de darvan!« hulp Dortje hör.
Diderk lepelde sien Soppe, he wull dar nix to seggen, um dat dat tegen de Mannlü gung, wenn he sien Vader ok neet recht geven kunn.
»En Peerd — dat weet mehr as männige Minske, mien Wicht«, see Jan Penunn, he leet up sien Deer nix komen.
»Ja — neet, Vader — dien Peerd weet genau, wor de Frau wohnen deit, de hum wall mal Zücker gifft!«

Nu kunn Diderk sien Vader weer bispringen.
»Un of ok!«
»Sünd ji satt?« Moder stunn al weer. »Kumm, Dortje, dann kannst du de Hohner wat henbrengen.«
»Wor is mien Piep?« was Jan Penunn an 't söken.
»Hier, Vader — wacht, ik sall hum even stoppen!«
Dat was Reev för Diderk, as en Olle was he mit sien Vaders Döffke togang, namm hum in den Mund un hull dar en Rietstick boven.
»Wullt du wall, dunnerse Fent — du sallst doch neet roken!«
»Do ik ok ja neet — blot even an Gang maken —«
»Diderk, Dortje«, klung dat ut 't Achterhuus, »brengt jo Leien her, ik hebb hier noch Seepwater!«
»Ja —«
Diderk gung bi sien Schoolmappe to flüsen un truck de Lei rut, de saterdags nett so as he sülvst in Moders Balje kwamm.
»Jasses, wat sücht de ut! Wo kriggst du de witte Rahm wall in en Weke so pickswart! Laat hum man erst weken —« un Moder leet de Tafel in 't Seepwater plumpsen. »Wor is Dortje hörs? Wor blifft dat Wicht?«
»Och, de is bi de Hohner.«
»Dann haal du hörs man gau!«
Diderk reet sien Süsters Lei mang hör Saken weg: »Hier!«
»De is tominsten neet so swart as dien, ji Jungse mutten doch alls insmeren!«
Moder greep en Swientje un fuhrwarkde dar mit rum, dat de witte Bookstaven, de so süver van en lüttje Hand

up de Riegen sett weren, in en Handumdreihn in 't Seepwater versopen.

Dar kwamm Dortje anhüppen, dat Gesicht vull Lachen over en Spaß, de se gau vertellen wull: »Moder —«

»Ja?«

Dat lüttje Minske bleev stuuv stahn: »O Heer — is dat — mien Lei —?«

»Ja —«

»O — de dürt neet — dar steiht wat up —«

»Wat up? De word swientjet, is ja Saterdag!« see Moder.

»Nee, dat dürt neet. Dat mutt drup stahn blieven — o Gott, nu is 't al weg —!«

Dortje brullde, dat Lachen un Spaß Hals over Kopp utneiden.

»Du leve Tiet —« Moder Penunn leet de Swientje en Ogenblick verpusten, »wat wullt to brullen?«

»Mien Schrieven — steiht — dar — neet — mehr — up — o —!«

»Ja, wat sull dat!« see Moder.

»Dat mutt stahn blieven, hett Mester seggt — o —!«

»Warum dann?«

»Weet ik neet — Mester hett seggt —«

»Och wat, kannst dar ja man weer upschrieven nahst!«

»Nee — ik weet ja neet mehr — hu-u-u —«

»Och, wenn du anners nix hest — wo kann de Mester dann sowat seggen, is doch Saterdag —«, un Moder bösselde dar weer up los.

»Kannst man seggen, ik harr Schuld, bi uns worden Saterdags de Leien swientjet —«

»Dat dür ik — neet — seggen —«

»Dürst du neet; Bangbüx! Dar kann di nüms wat um doon, wenn dien Moder för Ördnung sörgt! Dann seggt dien Brör hum dat —« full hör in, »Diderk, hörst wall? Du seggst hör Mester even, wo dat komen is!«
»Ja«, see Diderk, »sall ik wall even!« un reckde sük hoch up, *sien* Mester was dat ja neet . . .
»Siso, nu stell hum man na buten in de Sünne!«
Dortje dröögde hör Tranen mit hör Mau of. De Utsicht, dat hör twee Jahr ollere Brör för hör instunn, was en Stöönpahl för hör Moot. Un se truck mit de natte Lei na buten.
»Nu sall dien wall upweekt wesen.«
Moder bekeek Diderk sien Schrievgestell un gung hum mit de Swientje to Liev. Man miteens harr se en Enne van de Rahm in de Hand, de annern sackden na unnen un leten de Lei löss, de swaar in 't Water trügg plumpste.
»He —« Moder greep gau to, »nu geiht he ut de Liem!«
»O je!« Diderk staarde verfeert up de lösse Rahm in Moders Hand, »mien Lei! Nu is he stücken!«
»Dat is nix!« tröstede Moder, »de maakt Vader weer torecht. Vader —!«
Jan Penunn, de in de Köken en Spier innickt weer, schoot in 't Enne.
»Vader, büst du dar noch?«
»Ja, wat is dar dann?«
»Kumm ins gau her, hau de Jung ins en Tengel in de Rahm!«
»Wat sall ik?« Vader Penunn was to Been komen un smeet en Blick up de Klocke. »Ik mutt weg!«

»Och wat, sovööl Tiet is dar noch wall — hier, de Jung sien Lei is ut'nannergahn, mußt dar even en Tengel in haun!«
Se harr de Rahm al weer tosamendrückt un hull hum Vader hen: »Is ja man even en Bigahn! Krieg gau en paar Tengels un en Hamer, Jung!«
Diderk söchde mit flegende Hannen in de Spiekerlaa, un Vader bekeek sük dat Spillwark un knurrde vör sük hen: »Ik hebb kien Tiet mehr! Dat kummt van jo Schoonmakeree — Wieven up Saterdag — dar sall de Düvel bi düren —«
Darbi namm he Diderk en Tengel of un sedde hum up de Rahm, kürde un haude drup — man — weer he noch wat duddig in de Kopp of harr de Iel hum unner — de Hamer suusde neet up de Tengelkopp, man up de Hook van de Lei — bum! Dree Schören drin — un as se uptillt wurr, full se in dree Stücken ut'nanner.
»O — mien Lei — nu dür ik neet na de School hen!« Diderk vergatt, dat he sük noch even to de Mannlü tellde, he fung so goot an t' brullen as sien lüttje Süster.
»Wat?!« Vaders Schrick over sien egen Malör gung in Vergrelltheit over, »wat dürst du neet? Harr *wi* froher ok en Rahm umto? Wi haalden uns en Stück Lei van de Bahn of, dar lagg genoog rum, dar schreven wi up — dar weren ok kien Riegen up! Man vandage — Kinner weten ja neet mehr, wat se willen! De Welt geiht noch an Hoffart togrunne, see mien Ootje alltiet, do leevde se noch! Na — moin, ik hebb kien Tiet mehr!«
Dar gung Vader hen, Diderk keek hum mit open Mund na.

Moder funn toeerst de Sprake weer: »Ja — nu is he stücken —«
»Dar gah ik neet mit na de School hen!« Diderks Stimme wurr faster, he sedde sük up 't hoge Peerd, »meenst, ik will Hau hebben för jo Schuld?!«
Moder keek hum groot an.
»Nee«, see se dann, »sallst ok neet. Geihst nahst hen un haalst di en neije!«
Junge ja, en neije Lei! Diderk sien Kummer sloog in Bliedskup um: de sullen di kieken Maandag, de anner Jungse!
»So, un nu harkst eerst achter 't Huus, un Dortje sall mi ofdrögen helpen!«
»Ja —«
Recht mit Andacht leet Diderk sien Harke over de beiden Paden van hör Kruuttuuntje krabben. Dar dürs nu nüms mehr dörstappen as de Sönndag, de mörgen froh in 't Slaapkamerfenster keek.
Hör — well was dar in de Köken an 't Vertellen? Ha, Stutengeeske! Diderk broch gau de Harke up Stee, dar muß he bi wesen, wenn Moder mit seker Greep de dickste Krinthstuutjes ut de Körv heruthaalde, un overhoop —
»Dag, Geeske!«
»Dag, mien Jung!«
Deep soog Diderk de söte Röök in — so rook dat blot Saterdagnamiddags, wenn Geeske hör frisk Stuutwark in Moders Köken stunn. Nee, ok wenn se lang mit hör Körv weg was — dann lagg dor noch de dicke Weitenstute, de mörgen erst ansneden wurr — man de Nöös smeckde hum nu al.

Un dann mook Moder Tee, un »Prrr!« klung dat vör de Döör, un Vader, de nix van Saterdag weten wull, Vader kwamm jüst tofällig mit sien Rullwagen vörbi un harr garkien Tiet, keek blot even rin.

»Hest wall roken, Vader, wat? Krinthstuutjes —«

»Koppke Tee weer mi lever —« knurrde Jan Penunn.

»Dat raakst du, ik harr nett een inschunken!« Moder Penunn schoov hum en Tasse hen, un Diderk un Dortje kregen hör friske Stuutje.

»Mußt heel lüttje Happen ofbieten, dann geiht he neet so gau up«, meende Dortje.

Ja, Diderk beet rund um de Krinthen weg, man dann verdroot hum de Mundjetargeree, un he kaude mit vulle Backen. Lecker — dar kunn kien Veerührsbotterbrot van anner Dagen tegenan!

Un dann muß he Böskuppen doon, un as he mit sien neije Lei in Huus kwamm, do steeg Dortje al to de Balje ut, un hör Haar hung as en natte Kattsteert bi de Kopp dal.

»So, nu kummst du dran! Wenn jo Vader kummt, mutten ji an d' Siet wesen«, see Moder.

Dar sach he nu ja wat tegen an, tegen de olle Rubberee mit de Wasklappe — man dat Spaddeln in dat warme Water mook doch Spaß, wenn Moder ok schull: »Spütter neet so, Fent, maakst mi de Köken ja weer natt!«

As Diderk dann in en schoon Hemd un en süver Hansmann in sien Bedde lagg, reep he sachte: »Slöppst al, Dortje?«

»Mm — wat dann?«

»Saterdagnamiddag is doch fein, neet? Haast so fein as Sönndagmörgen — un de kummt nu!«

Sönndagsgeld

Dat höörde dar nu so mit to: Sönndags gaff dat twee Penning. So arm was ja wall kien een in de Straat, dat sien Vader of Moder hum dat neet geven kunn.

Sogar Jan Brink, de alltiet Gaten in sien Tüüg harr un so smachtig was un de blot en Moder un heelkien Vader harr — sönndags kreeg Jan Brink ok sien twee Penning. Un dann was he nett so riek as sien Mackers un stunn mit hör vör Backer Ulpts sien Fenster to spinkeleren. Dat was man neet so: eenfach ringahn un wat kopen — nee! Eenmal was dat Geld blot uttogeven, un dat wull goot overleggt wesen, wat en sük darför halen dee. Tüsken Karktiet un Middag harr Backer Ulpts sien Winkel open, un dat was de upregendste Stünne van de hele Sönndag för elker Jung in de lange Straat.

»Sappkook haal ik mi neet weer«, see Siebo. »Ik weet wall, warum neet: hest dien neije Büxen darmit insmeert!« reep Fietje.

»O Mann, hest Hau hatt, Siebo?« wull lüttje Marten weten.

»Nee, darum neet — man ik mag dat olle Gootje neet mehr!« see Siebo minnachtig.

»Ik haal mi lööv 'k en Pepermüntstange«, meende Gerd.

»Ja, gah doch hen —«

»Ik weet ok noch neet — männichmal is dar noch wat in de Laden, wat noch leckerder is«, gaff Gerd to bedenken.

»Sall ik ins kieken?« froog Jan Brink.
»Ja — kiek even to!«
Un Jan was al binnen; de Döörklocke pingelde, bit Backer Ulpts dör de lange Gang ansluren kwamm. Sien grammieterg Gesicht smeet noch mehr Follen, as he de Kunne sach: »Wat wullt hebben?«
Jan Brink sien brune Ogen lepen as Wieselkes de Glasen up un dal, de in en Riege up en Boord stunnen, un bleven an 't leste hangen — wat dar insatt, dat kennde he neet: Boltjes in Papier!
»Wat köst so een?« froog he.
»Stück en Penning«, see de Backer.
»Dann will ik een hebben!«
Man neet glieks twee, doch he, eerst sehn, wo de smeckt.
Backer Ulpts sien haarige Hand grabbelde dar een ut, un Jan gaff hum sien Tweepenningstück.
»Wullt neet twee Stück hebben?«
»Nee«, schüddkoppde he.
De Olle knurrde wat in de Bart, sluurde na sien Kasse hen un kwamm mit een Penning weer an, de Jan Brink as de anner Hälfte van sien Sönndagsriekdom goot verstaude.
En halv Stiege Ogen keek hum tomööt: »Wat hest kregen?«
»Wies even!«
»Brausebonbon« leesde Jan Brink van dat gröne Papier of un wickelde dat vörsichtig ut'nanner, bit en witte Zückerveerkant sük dar utschillde.
»O — so een haal ik mi ok!« reep de lüttje Marten.

»Eerst sehn, of he lecker is!« meende Siebo.
Jan Brink sien rode Tung slickde dar al over langs un truck sük weer achter de witte Bieters torügg; dat smook ja raar!
»Lecker, Jan?« froog Gerd, de neet goot mit ansehn kunn, wenn annern wat harren.
»Ja — kannst so noch neet weten —«
»Keerl, perbeer doch«, drängde Fietje.
Jan stook dat Küssentje in de Mund — nee, lecker was anners wat — dat smook ja — harrijasses, as Soda smook dat ja!
Un dar harr he nu en Penning in anleggt! He keek in de neesgierige Ogen vör hum. De harren nu noch twee, all de annern, he was moij dumm west, dat he dar *eerst* ingahn weer! Nu lachden se hum ok noch gliek ut un haalden sük för hör hele Geld wat Leckers —
»To du — wo smeckt dat?« Lüttje Marten kunn 't neet langer uthollen.
»Lecker!« see he un beet dat Stück mit Doodsverachten midden dör.
»Dann koop ik mi ok sowat«, reep Gerd kört reselveert.
»Ik ok!« Un alle stolterden se achter'nanner an in de Backerwinkel, un elk verlangde »Twee Brausebonbons«. Backer Ulpts wuß heelneet, wat hum overkwamm, dat he sien Sönndagskunnen alle upmal bedenen kunn un neet twintigmal um een Penning de lange Gang daltuffeln muß. As de leste födderde Jan Brink en söötsuur Küssentje, van de roden.
De Brausebonbons wurden utpüült un mit Andacht up de Tunge leggt. Man een Gesicht na de anner truck sük

kruus, un »Ha —!« reep lüttje Marten, »de mag ik neet!«
»Nee —« see Siebo un namm dat Boltje to de Mund ut, »de smeckt ja raar.«
»Wo kannst wall seggen, dat de lecker is, Jan Brink«, frockde Fietje.
Jan Brink sien brune Ogen tinkelden: »Weet ik doch neet, of ji de mögen!«
»Du hest uns 't vörmaakt!« see Gerd.
»Bruuk ji ja neet namaken!« deffendeerde Jan sük.
»Hebb 'k ok noch twee köfft van dat Strunt!« knurrde Siebo.
»Warum büst so dumm!« lachde Jan.
»Hest ja sülvst daan!« reep Fietje düll.
»Lüggst ja!« see Jan van boben dal.
»Wat —?« Alle staarden hum an.
Jan Brink truck sien Hand ut de Taske un stook vör hör Ogen wat in de Mund: en söötsuur Küssentje, en rode.
»So 'n Gemeenheit!« reep Fietje, un Gerd sprung vergrellt hoch: »Du schitterge Fent!« un dann up Jan Brink los.
Man de wuß, dat he sük up sien Been verlaten kunn. He reet darlangs, un ehr dat de annern hum faat kregen, harr he sük as de Blitz achter sien Moders Huusdöör redd.
»Du kriggst dien Fett noch!« reep Fietje.
Dar stunnen se nu un wussen neet worhen mit hör Verdreet over de tweede Brausebonbon — de eerste was ja nu wall sowat up.
»Mien moije Sönndagsgeld — so wegsmeten!« schull Siebo.

»Weeßt wat?« full Fietje in, »ik verkoop disse an mien lüttje Süster —«
»Jees ja — de Wichter — even sehn, well sük noch nix köfft hett —!«
Un dar suusden se hen — amenn was he noch to redden, de een Sönndagspenning.

Singvögel Sperling

Ontje Tammer luurde bi Bolts in dat Kökenfenster. Dar satt sien Fründ un Schoolbanknaber Eiko bi de Tafel un schreev. Ontje tickerde an 't Glas:
»Hest dien Leren noch neet?«
De Flaßkopp dar binnen flitzde hoch — Ontje!
»Wacht man, ik koom gliek!«
Eikos Griffel leep in Drafft over de Riege, wenn de leste Woorden ok hier un dar van de Padd of kwammen, dar kunn he nix an maken.
Dar keek Ontje ok al in de Kökendöör.
»Wat hew wi noch anners up as Schrieven, du?« froog Eiko.
»Lesen —« see Ontje.
»Wat is dat ok noch?« wull Eiko weten.
»Weeßt ja wall: Der Sperling«, hulp Ontje hum.
»Och ja: Der Sperling ist ein Singvogel, och — dat kann ik wall so!« meende Eiko.
»Ha, kumm man, wi willen Lüüntjeklippen setten!« dreev Ontje. »O ja —« dar was he mit bi, »worso?«
»Up uns Acker. De Lüüntjes freten uns alle Arvten up, hett mien Moder seggt.«
Eiko smeet gau sien Schoolsaken in de Ranßel.
»Hest dann Steenen för Lüüntjeklippen?« froog he.
»Ja, bi Reemtsen sien Bau sünd genoog Steenen. Blot en Handvull Koorn mutt ik noch hebben —« see Ontje.

»Wenn mien Moder dar achter neet is, dann kann ik wall van uns Hohnerfreten wat mitnehmen«, beloovde Eiko. Se lepen dör dat Achterhuus, Frau Bolt was neet to sehn, so kunnen se en gode Grapps ut de Hohnerfretenkiste in hör Tasken verladen. Nu gung dat eerst bi Reemtsen sien Neebau vörbi.

»Laat uns man elk en Armvull mitnehmen«, see Eiko, »is doch nüms —?«

»Nee — de Arbeiders sünd al weg —« un Ontje greep, wat he hollen kunn; man up mehr as veer Stück wullen sien negen Jahr neet an.

»Sünd ok verdexelt swaar, neet?«

Eiko leggde de fievte Steen ok weer dal. »Och, dar könen wi al veer van setten!«

Tammers Acker lagg en Enne van 't Huus of, dar, wor de Straat uphöörde un de Weg anfung, de sük in 't Feld verleep. S — t! floog en Koppel Vögels vör hör up.

»Kiek — dar hebben se weer bi de Arvten seten!« ieverde Eiko.

»Wacht man, ji Dunners, wi sölen jo wall kriegen!« reep Ontje un leggde sien Fracht dal.

»Stockjes mutten wi noch hebben«, meende Eiko.

»Hier — de kniepen wi van de Arvtenstruken of!« wuß Ontje Rat.

»O ja — een mutt hier hen —« Eiko wees up en Stee midden in de Padd, »dat se hum ok sehn — anners gahn se dar neet in!«

Twee Steenen wurden schüün tegenanner stellt as en Dack, un boven kwamm as Schöstein een Stock dartüsken, un darunner wurr Koorn streit.

»So — wenn se tegen de Stock hüppen, dann fallen de Steenen innanner«, see Eiko.
»Un dann sünd se dar west, de olle Lüüntjes!« freide sük Ontje al in 't vörut.
»Wat maken ji dar?« kwamm en Stimm van güntsiet de Heeg. Up de Padd stunn Antje, een van de Wichter ut hör Klasse.
»So —! Dat segg ik! Ji maken Lüüntjeklippen! Dat dür ji neet!«
»Warum neet?« froog Eiko.
»Wat geiht di dat an!« reep Ontje.
»Ik segg 't an de Mester!« see Antje.
»Do 't doch — olle Flappsnute!« schull Eiko.
»Hest wall lange nix up Ribben hatt, wat? Du olle Tierape!« plichde Ontje hum bi.
»So — ik segg 't, dat ji mi alltiet utschellen«, reep Antje.
»Wat wullt du?« Ontje dee, as wenn he hör na wull. Do reet se darlangs.
»Dat is di een!«
»Ja«, see Ontje, »de kriggt hör Pack noch, kannst di up verlaten!«
Se moken hör Lüüntjeklippen klar un leggden sük up de Luur, man kien een dee hör de Gefallen, sük fangen to laten.
»De mögen amenn lever Arvten as Koorn«, meende Eiko. »Ik mutt ok na Huus hen.«
»Ja — wenn wi weg sünd, wagen se sük ok beter. Wi kieken mörgen to!« see Ontje.
De anner Dag kwamm mit Sünnschien. Man in de School truck sük en Unweer tosamen.

De Mester wull dat neet gefallen, dat Eikos Schrieven so van de leste Riegen ofdanzen dee, un he namm hum bi de Ohren. Dat haagde Antje, de up de Wichtersiet satt, un se mook hum en lange Nöös to. Man dat kunn Ontje sien Fründ neet beden laten, un as de Stünn ut was un se na buten gungen, reet he Antje an hör lang gele Flechte, dat se luut gierde. He sach neet, dat se na de Mester hen leep, he un Eiko moken gau, dat se up de Spöölplatz kwammen. Man as se recht midden in 't Spölen wassen, kwamm dar een anlopen un reep: »He — ji beiden sullen bi de Mester komen!«

Se keken verbaast up.

»Wat sölen wi dann?« froog Eiko.

»Weet ik neet — man gau!«

Heel bedaart trucken se hen.

»Kommt mal her, ihr beiden Schlingel! Sagt mal, was habt ihr zu heute gelesen?« namm de Mester hör vör.

»Der Sperling,« see Ontje.

»So! Was weißt du vom Sperling, Eiko Bolt?« froog de Mester.

»Der Sperling — der Sperling — ist — ein Singvogel —« stütterde Eiko; sull de Mester warraftig weten, dat he dat in Huus neet lesen harr?

De Mester — he was noch jung un en Düütsder un noch neet lang in Ostfreesland — wull de Kinner to Insicht brengen:

»Wißt ihr denn auch noch, was man mit Singvögeln nicht tun darf?«

»Ja — nich — nich aus Nest nehmen — un — un nich totmachen«, stamerde Ontje.

»So, das wißt ihr — und was habt ihr gestern mit Sperlingen gemacht?« wull de Mester weten.
Mit Sperlingen? Se keken sük an.
»Nix!« see Ontje.
»Junge, nun fang nicht an zu lügen! Eiko Bolt, was habt ihr für die Sperlinge gemacht?«
»Nix!« see Eiko. Wat wull de Mann mit sien Sperling?
»Nichts? Ihr seid mir ja ein paar feige Burschen! Habt nicht mal den Mut, daß ihr bekennt, was ihr ausfreßt? Sperlinge wolltet ihr fangen, in die Falle locken — ihr seht, ich weiß Bescheid! Nun?«
De Mester keek hör an.
Eiko schoot de Klöör ut, un Ontje reep: »Nee!«
»Was? Der Eiko Bolt wird ja ganz rot — der sagt mir jetzt die Wahrheit! Eiko, habt ihr Sperlinge fangen wollen?« drung de Mester in hum.
»Nein,« see Eiko.
De Mester wuß neet, wat he darut maken sull: so ehrelke Ogen — kunnen de legen?
»Antje,« reep he.
Dar stunn se as ut en Pistoll schoten — och, de beiden gung en Lücht up, de satt darachter!
»Hast du gesehn, daß die beiden Sperlingsfallen stellten?« froog he.
»Ja, Herr Lehrer«, nickkoppde se ieverg, »hab ich gesehn, auf Tammers Acker!«
»Lüggst ja!« reep Ontje vergrellt.
»Na, na, na — ich werde euch jetzt die Hosen stramm ziehen — und zwar wegen des Lügens!«

De Mester was ehrelk düll over de Verdürvenheit van de Jungse.
»*Sie* lügt —« reep Ontje, »warraftig, Herr Lehrer, ich — ich kenn ja gar kein Sperling — kuck hier!«
»Ich — ich auch nich —!« stamerde Eiko.
»Na, nun schlag einer lang hin! Ihr kennt keinen Sperling? Das soll ich glauben — keinen — wie sagt man hier —« de Mester kennde sük in dat Plattdüütse neet ut. »Wie heißt Sperling auf plattdeutsch?«
»Lüüntje«, see en Stimme ut de Koppel Kinner rut, de sük um hör to ansammelt harren.
»Richtig — also ihr kennt kein Lüüntje?«
Eiko un Ontje keken sük groot an: Lüüntje — dat was en Sperling?! So en gemeene Vögel, de to Hunnerden rumhüppde un overall bisatt. Dat was de Sperling, wor en groot Stück van in 't Lesebook stunn?!
»En Lüüntje —?« see Eiko Bolt ut Hartenskrachten, un Ontje Tammer haalde sien Verwunnern to de Tönen ut: »En Sperling?«
Do murk de Mester, wo de Harke in de Steel satt: he verkneep sük dat Lachen un see noch allerhand over Fallenstellen, wor de beiden blot van begrepen, dat dat verboden weer.
Dann kunnen se oftrecken.
Man na en paar Tree bleev Ontje nochmal stahn: »Harrst dat docht — en Lüüntje —?«
»Nee!« see Eiko minnachtig, »un dat sall en Singvögel wesen!«

Dat neije Packje

Berend Oosten muß en neije Packje hebben. Dat was en »Begebenheit«, tominnsten för sien Moder. Se harr dar wat mit to doon, dat se de Kinner in Kleer hull – fiev wassen 't, dree Wichter un twee Jungse. De Wichter harr se noch sovööl neet in Reken, dor leet sük ut en Lappke Tüüg noch al licht wat för maken, un wat de Olleren ofleggden, dor kropen de Lüttjen weer in. Man de Jungse!

De Ollste, Jannes, was en hele Rietenspliet; un wenn he to en Rock of en Büxen utwussen was, dann was dat Stück ok heel vull van Gaten, un dar was nix mehr för Berend an to arven. He was nu teihn Jahr, twee Jahr junger as Jannes, un was bit hierto man en lüttjen Knevel west; man nu schoot he in de Höchte, un de Mauen und de Büxpiepen wussen neet mit, un dat mook Moder Oosten Koppsehr. För daags kwamm dat dar neet up an, un na de School kunn he sien beste Packje noch lang dragen. Man sönndags mugg se hör Kinner geern schier hebben, un so hulp dar nix an – Berend muß en neije Packje hebben.

Dat was nu lichter seggt as daan. Ja, wenn Gerriet Oosten noch leven dee, wat hör Mann west harr, dann harr sük dat al ehrder hulpen, he was alltiet en flietige Keerl un harr wat för sien Kinner over. Man he was noijt de Starkste west, un so harr en kolle, natte Harvst hum van

sien Arbeit as Stratenmaker weg up 't Krankenlager smeten, un dar was he neet weer van upstahn.
As en Wedefrau fiev Kinner dör de Tiet to brengen, dat is en stuur Pand, un bi Oostens satt de griese Sörge stüddig mit an de Tafel. Frau Oosten dee, wat se kunn. Vör Dau un Dag gung se ut un mook Kontoren schoon, un tegendes, dat de Kinner na de School hen mussen, was se dar weer un sörgde, dat se hör Natt un Dröge kregen un dat alls sien Ördnung harr. Dann wusk se för anner Lü, un de Seepenröök kwamm de hele Weke neet to 't Huus ut. Bito muß de Acker up Stee, un Schaap un Zege wullen hör Deel hebben, un abends, wenn de Kinner up Bedde wassen, dann gaff dat noch en Barg to stoppen un to flicken. Wat Wunner, dat hör dar de Ogen haast bi tofullen.
Man Moder Oosten hull sük un hör Familje boben Water. Dat se dorbi en streng Regiment föhren muß, wenn se Baas blieven wull, is wall to begriepen.
Frau Oosten harr lang simeleert, wo se Berend to wat Neijes verhelpen kunn. Dar hung noch en Packje van hör Mann in 't Schapp, ok al goot dragen, man wenn een dar Verstand van harr, dann muß dar noch wall wat ut to maken wesen. Frau Bolland, hör Naberske, broch dat seker klar, man de harr sovööl Kunnen van 't Land, de hör Gott weet wat tostoken, de dee dat neet för en Ei un en Appel!
Moder Oosten fuhrwarkde in de Waskebalje rum, dat de Schuum wiet hen spütterde, so wassen hör Gedanken in Fahrt. Se sülvst kunn ok goot neihen, ja — wenn dat för de Wichter was, dar bruukde se nüms um angahn.

Un see neet elk un een, dat se hör dree Lüttjen alltiet so nüdelk harr? Man en Jungsepackje — un dat ut en olle — wenn se dar wat an versnee — nee, dar troode se sük neet mit.
Na, dann in Gottes Naam na Frau Bolland hen.
Kört reselveert namm se hör Manns Packje to 't Schapp ut un söchde hör Naberske up. De leet sük vertellen, wor dat um gung, sedde hör Brille up de Nöös un bekeek sük dat Spillwark. Ja, see se, dat gung; wenn dat heel ut'nannertrennt wurr un dat dor so un so sneden un hier wat ofnomen un dar wat ansett un de Jung sien olle Büxen as Maat nomen wurr — ja, dat gung best, un se harr nett so 'n Wark unner de Hannen, un se wees vull Stolt, wo dat to sitten kwamm. Wenn se 't man neet so drock harr, de Lü lepen hör de Döör ja in!
»So«, see Frau Oosten, as se dar ins en Woort tüsken setten kunn, ja, ut'nannertrennen kunn se dat ok ja sülvst, dar wull se dann mal bigahn. »Recht«, see de anner, un dann kunn se dar ja mit weerkomen.
Man Moder Oosten kwamm kloker weer as se hengahn was. Se gung dar abends bi sitten, fung an t' trennen un an t' meten un an t' up'nannerleggen, snee hier wat of un sedde dar wat an, un na en paar Abends muß Berend, vör dat he up Bedde gung, dat anpassen, un do wees sük dat ut: se kreeg en Packje torecht, dat sük sehn laten kunn.
»Siso«, see se, »dat Geld hebb ik sülvst verdeent! Nu laat Bollandske man hör Speck- un Botterkunnen wieder bedenen.«
Un as dat Sönndag wurr, do kreeg Berend sien neije Packje an, un de Wichter bewunnerden hum van alle

Sieden, un Moder keek mit Stolt up dat Wark van hör Hannen.
Blot Berend sülvst was dar neet heel erbaut van. Moder mook hum klar, wat he nu neet dürs mit sien neije Tüüg: neet herumrieten, sük neet fuul maken un wat neet all, so dat Berend heel bedröövt bi sük dal keek un meende, mit Pelseer was dat nu sönndags ut. Dat he dat Packje erst blot namiddags ankreeg bi 't Utgahn un hum gliek weer uttrecken muß, wenn he in Huus kwamm, dat was hum heel na de Sinn. De Süsters mussen dat ok mit hör Sönndagskleer, man de knurrden darover. Berend was dat en Verlichten, wenn he sük weer van Harten rögen kunn.

Dat was nu en Stück of wat Sönndagen wieder. Frau Oosten wull en olle Ohmke besöken, de an 't anner Enne van de Stadt wohnen dee, un de Wichter sullen mit, de Jungse neet, de moken tovööl Wöörde.
Jannes, de Ollste, froog, of he dann neet na Klaas Smit hendürs, de froher nahst hör wohnt harr un nu na 't Feld trucken was.
»Ja«, see sien Moder, »un dann nimmst du Berend mit.«
Berend hüppde för Bliedskup. He kreeg sien neije Packje an un trüllde mit sien Brör of.
»Weest ok moij leev un koomt bi Tiet weer in Huus!« gaff Moder hör noch mit up Padd.
Ja, dat wullen se ok. Klaas Smit was alltiet hör beste Spöölkamerad west, nu harren se hum siet Weken neet mehr sehn, um dat he in de Nabergemeende na de School gung.

Berend un Jannes mussen en halve Stünne lopen, un se maalden sük ut, wat Klaas wall seggen dee, wenn se mit-eens bi hum in de Döör stappen deen.
Un se harren neet tovööl verwachten west, Klaas freide sük as en Stint, un sien Moder see: »Dar hebben ji recht an daan, dat ji ins komen sünd.« Se kregen elk en dick Stück Krinthstuut mit goot Botter drup, un dann wuren se na buten stüürt to spölen. Klaas dee sük dar dick up, wat he hör all wiesen kunn. Dar wassen sien Kaninen, en olle mit söven Jungen — Jannes un Berend wuren rein niedsk, un Klaas see grotspurig, he wull hör wall nahst een van de Lüttjen overdoon. Dann wurr de Tuun bekeken, wor noch neet vööl in to sehn was, un de Hoh-ner, de achter 't Wier kakelden. Un dann streken se dör 't Loog. Overall was dat sönndagsstill, Lü wassen haast neet to sehn, un de paar Kinner, de dar lepen, keken hör groot un verwunnert an.
»Is neet vööl mit los«, see Klaas, »so spölen as bi uns kannst dar neet mit.«
Se vermoken sük wat bi de Kohjen, de dar up de Weide herumlepen un laggen. Klaas dee, as wenn he dar elker Dag mit umgung un reep: »Kumm hierher, Oll, kumm Oll, kumm!« man de gluupden blot un röögden sük neet. En Endje wieder was en Neebau. Klaas vertellde, dat dat olle Huus ofbrannt was un nu weer upbaut wurr. Vör-langs was en hennige Sloot, un Klaas sprung dar mit en Satz over. Dat kunnen de beiden annern ok, un nu stre-ken se wat um de Bau herum.
Dar was en grote veerkantige Dobbe, heel witt van bin-nen.

»Dat is en Kalkdobbe«, see Klaas un sprung van de Breden, de so 'n half Meter hoch rund um dat Gatt herum anbrocht wassen, en Enne drin.
»Köön ji ok so wiet?«
Jannes bleev wat achter hum torügg.
»Nee — ik kann wieder!« reep Klaas stolt, un Berend bleev noch mehr achterup.
»Dar kriggt man ja witte Schoh in!« wunnerde he sük.
»Ja, dar hett ja Kalk in west«, verklarde Klaas hum.
De beiden Groten sprungen nu een um de anner, well am wietsten kunn. Berend sprung för sien Pelseer van de Breden of un freide sük, wenn dat so witt van de Grund of stoov.
Futt tegen de Kalkdobbe was noch so en grote veerkantige Gatt, man wat deeper, dat leet noch schierer witt, nett as wenn 't vull van Moder hör Stiefsel weer, dat se för de Waske bruukde. Wenn dat indröögt was, dann leet dat nett so, dar wassen dann ok so Busten up. Berend stunn un keek. Of dat ok wall so witt up stoov, wenn man dar up sprung?
Un he hüppde van sien Brett of recht midden in dat sneewitte Flack.
»Mama —« gierde he miteens un — satt bit over de Ohren in en witte, weeke Bree.
»O Gott —!« Klaas stunn un staarde. »He sitt in de Kalkkuul —« un he reet Jannes mit. »Berend«, reep he, »geev mi de Hand!« un dar harr he hum ok al bi de Hand to packen, un Jannes kreeg de anner Hand. »Tüül an!« kummandeerde Klaas, un de beiden trucken, wat hör Kracht hergaff. Un Berend spaddelde in de Kalkbree

herum, bit sien beide Mackers hum glückelk an Land kregen.
Dar stunn he weer up faste Grund, man wat sach he der ut! Witt van boven hento unnen, as so en lüttje Sneemann, de over alle Kanten an to drüppen fangt.
»O Mann«, stamerde Klaas, un Jannes stennde: »O Berend!«
Berend was anners so licht neet kleen to kriegen, he un sien Brör kunnen en Stööt verdragen, man as he dat glidderge witte Gootje bi Hals un Arms un Been so kolt an de Huut dalkrupen föhlde, do smeet he sük up 't Brullen: »O Mama —!« raarde he.
Klaas krabbde sük de Kopp. Wo kregen se hum blot weer schoon? Sien Oog full up en lege Zementpüüt, de dar lagg. He reet dar Stücken of: »Hier, Jannes, wi rieven hum of!«
Un se freven an hum herum. Man Berend jammerde: »Treckt mit ut! Treckt mit doch ut!«
Ja, dar bleev ok wall nix over. Man dat was en Kunststück, hum dat smeerige Tüüg van 't Lebend oftokriegen. »Nu man in de Sloot darmit!« see Klaas.
Wat goot, dat dar Water in was! Erst wurr Berend dar in wusken, un dann kwamm dat Tüüg drin. Dat wurr hen un her swenkt, un as dat Water witt wurr, lepen se wat wieder an en anner Stee. Un wat goot, dat de Sünn so warm scheen! De Wind was wall kolt, man de hulp ok drögen.
So — nu was dat Packje je wall sowat schoon un de Strümpen ok, van de Schoh gung dat noch am besten of. Wenn 't nu man erst dröög weer!

Umsünst harren se nu ja neet so faak sehn, wo hör Moder dat mit de Waske mook: se wrungen, wat dat Tüüg hollen wull, bit dar kien Drüpp Water mehr ut kwamm.

»So – nu leggen wi dat in de Sünn!«

»Büst ok kolt, Berend?« froog Jannes.

»Nee –« see he un snappertannde. »Wenn – wenn Moder blot nix markt!«

»He wat!« meende Jannes. »Wi rieten gau na Huus, dat se dar noch neet weer is!«

»Ja«, dat lüchde Berend in, »dann laat mi 't man antrecken, man gau –«

Un se hulpen hum mit Hangen un Wörgen in sien natte Plünnen. Dat was grieselk kolt – de Schudders gungen hum over 't Lebend – man dar was nu nix an to maken.

»Ja, Klaas, denn gah wi weer weg –« see Jannes.

»Ja –« Klaas harr dat Geföhl, as wenn he hör egentlik noch wall mit na sien Moder nehmen muß; man – in so 'n Tostand – de Moot broch he neet up.

»Ja«, see he, »loopt man in Drafft, dann dröögt dat gauer!«

Un dar reten de beiden dar al langs, as wenn de Dunner achter hör an satt.

»An de Kanien denk ik!« reep he hör noch na, man se harren för 't eerste anner Sörgen. Se bösselden up 't Huus an; of un to mussen se even verpusten, man dann see een: »Wenn Moder man so lang weg blifft«, un dann suusden se weer wieder.

Se harren Glück: Moder was dar noch neet. Wor de Slötel lagg, wussen se.

So hannig harr Berend noch noijt sien Kleer ut kregen — un dadelk, dat was haast up d' Liev dröögt, blot noch wat fuchtig föhlde sük dat an, man dat kunn nu ja nadrögen.
Se hungen dat Packje fein up Stee in 't Schapp, un de Strümpen smeten se bi de fule Waske, de Moder mörgen in de Balje kreeg.
As Frau Oosten mit hör Dochterkes weerkwamm, wunnerde se sük, dat de Jungse so up Tiet paßt harren. Un umtrucken harren se sük ok al — ja, se harr hör goot unner Tucht, un de Verstand kwamm ok mit de Jahren!
As Berend naderhand in Bedde lagg, haalde he en deepe Sücht: de Schrick was glückelk overstahn! In Gedanken sach un föhlde he noch mal de witte, glidderge Kalk — »igittegitt!« see he, un dann sleep he in.
De anner Mörgen gungen se na de School un harren na Jungseart de Sörgen van de Vördag vergeten.
Moder Oosten stunn an de Waskebalje, un de dicke Seepenschuum steeg hör bit over de Ellbogens. So — dat Water was paßwarm för de Strümpen. Se greep de Barg, de dar lagg, un smeet hum drin — s — s — t — wat was dat? De Schuum was mit en Puust weg?
Se grabbelde in de Strümpen herum — wat föhlde sük dar so struuv un raar an: Berend sien? De leten ja heel gries — wor harr de Jung inseten? Kalk? Ja, dat was Kalk. Darum was de Seepenschuum weg! Un dat wassen ok ja de Strümpen van güstern, de neijen, de he eerst schoon ankregen harr. Dar stimmde wat neet!
Un miteens gung se an 't Schapp, he harr sien Tüüg sülvst weghangen — ja, dar hung dat.

Moder Oosten namm dat herut — un meende, se kreeg en Slag vör de Kopp — dat neije Packje! Wo sach dat ut! Gries un slanterg un kruus, un pickerg was 't un fuchtig — un wat en Röök! De Been trillden hör vör Schrick. Dat moije Packje! Dar harr se sük sovööl Meite bi geven un harr sük so freit over dat gode Stück. Se sackde up en Stohl dal — so en Jung, wat hett he maakt? Se stunn weer up un bekeek Jannes Tüüg, dar wassen ok witte Spütters an — Kalk, ja!
Un miteens steeg en Vergrelltheit in hör hoch: de laat mi na Huus hen komen!
Un dat düürde neet lang, dar kwammen se an, de beiden, freebostig un munter.
Moder see nix, man se haude van de een up de anner, dat hör Hören un Sehn vergung. So wassen se hör Levend noch neet betrucken worden, un dar höörde wat to, bit dat in 't Vergetelbook kwamm.
Moder kreeg dat ja mit al hör Künst noch enigermaten weer torecht, dat Sönndagstüüg. Man Berend keek dar doch alltiet scheev tegen an. He harr dar noijt vööl van hollen, van en neije Packje.

Up Reise gahn

»Lüttje Fent word alltiet vörtrucken!« knurrden de Wichter. Nu sull he weer mit Moder up Reise, en hele Dag, un se dürsen neet mit. »Och wat, vörtrucken!« see hör Moder, »ji könen ja neet lopen, un ik will kien Jauelee unnerwegens hören.«

Dar was dat mit ofdaan. Se harr hör Kinner alle gliek leev, man de Jung, de eenzigste unner dree Wichter, was en anner Slag; kien een harr sowat Sinniges un Nümiges un kunn so goot mit over Feld as de lüttje Fent.

Dar stunn he stolt un bliede, un sien rund Gesichtje strahlde unner de witte Haarbössels weg. Teihn Jahr was he, un Gerriet was he dööpt, man nüms in Huus nöömde hum anners as lüttje Fent.

De Vader gung na de Arbeit, de Wichter mussen na de School un kregen noch inknüppt, dat se de Görtsopp neet anbrannen leten, de se to Middag upwarmen sullen; un as se all weg wassen, do wurr dat Tiet, na de Bahn to gahn.

Moder hull anners neet vööl van Reisen, jonum neet mit de Iesenbahn, um dat se mit hör Groschens to reken harr. Man of un to muß se sük doch ins na hör Familje umkieken; eenmal höörde sük dat so, un dann harr se dar ok kien Schaa bi.

»To doch, Moder!« Lüttje Fent stappde van een Foot up de anner, he kunn de Tiet neet ofwachten, dat se weg kwammen; dar was ok alltiet noch wat, wat Moder eerst noch beschicken muß.

»Ja, ja, ik bün gliek klar. Gah man vörut un kiek, of Tant Reenste dar al is, dann sall se uns man al Korten nehmen!«

Dat leet lüttje Fent sük neet tweemal seggen, he suusde darlangs un was binnen dree Minüten bi de Bahn. Junge, wat 'n Volk! Lü van 't Land ströömden mit Körven un Lasten na de Stadt to, un Stadtjers mit Kuffers un Rucksacken drängden sük vör de Schalters un wullen en Kort hebben. Of se alle na Lüttjeloog hen wullen, so as he un Moder? Un Tant Reenste, ja, of de dar al tüsken stunn? Tant Reenste was Moders Süster, un he wuß neet recht, of he sük freien sull, dat se mit gung. Moder see alltiet, se was en fiene Jüffer, de kien Sörgen harr. Se was siet Jahr un Dag in en vörnehme Huus besteed, was de rechte Hand van de Madam un harr hör en heele Barg fiene Maneeren ofkeken. Un wenn se ins sönndags namiddags bi Moder to 'n Koppke Tee kwamm, un Vader sach hör ankomen, dann see he: »Ik riet ut, Greta, nu word 't kuntra!« wat sovööl bedüden sull, dat sien Swegerske tegen hum allerhand intowennen harr van wegen Slaatjen un so. De Kinner wussen al, dat se maneerelk wesen mussen un wassen dat ok so lang, bit Tant Reenste in hör Hangelpüüt an to wöhlen fung. »Ik hebb jo 'n Spierke mitbrocht«, see se un kwamm mit en paar Pepermüntjes of anners wat vandag. Dann heede dat: »Danke, Tant Reenste!« un weg wassen se un leten sük eerst weer sehn, wenn de Lucht süver was, as Vader dat nöömde.

Darum keek lüttje Fent man wat benaut ut, as sien Tante miteens vör hum stunn: »Wor is dien Moder?«
»Kummt futt«, see he, »sullst man Korten nehmen!«
»Sullst — seggt man doch neet an sien Tante!« verweet se hum, »of du wall Korten nehmen wullst, heet dat! Nu segg dat noch ins mal!« Lüttje Fent schoot de Klöör ut: »Ja —« stamerde he, »of du — dat wall even wullst —«
»Ne-he, dat ik dat man neet do«, se smeet de Kopp in de Nacke, dat de blaußangen Blöme up hör Strohhoot an t' trillen fung, »wenn dien Moder sük verlatert, dann hebb ik dat Geld utgeven un sitt mit de Korten. Ne-he!«
To 'n Glück kwamm Moder, un lüttje Fent hool verlichtert Aam. Nee, nu freide he sük heelneet, dat Tant Reenste mitgung. Man up de Bahn gaff dat sovööl to kieken, un dann kwamm de Zug anbrusen, do sprung de Bliedskup weer in hum hoch, un he klauterde vergnöögt achter Moder an in een van de leste Wagens. Domals gaff dat noch de veerde Klasse, dat wassen de Wagens mit de Banken rund umto un en freije Stee in d' Midden, »Für Traglasten«, dar fuhr man en Deel billiger in, un vörnehme Lü harren dar nix in to söken.
Tant Reenste weer bedröövt geern darde Klasse fahren, man dar bruukde se hör Süster neet mit komen: »Büst wall mall, meenst, wi finnen dat Geld up de Strate? Ik sitt hier vööl lever as in so 'n enge Huck, wor man 'nanner up de Tönen trappt!«
»Ik sitt neet geern tüsken Jan un alle Mann!« Tant Reenste namm hör Rock hoch un gung up hör Unnerrock sitten, un darbi see se wat van Kinner, för de man dat Reisegeld sparen kunn.

Lüttje Fent keek ut dat Fenster un doch: Ik sitt hier eerst, un ik gah mit Moder up Reise! Un he freide sük over de Husen un Bomen, de an hum vöroverdanzden. Dann hull de Zug, un se stegen ut, un nu mussen se noch annerthalv Stünne lopen.

Dat was en herelke Dag, de Sömmer lachde ut Hemel un Eer. Lüttje Fent wuß sien Wunnern kien Enn over de wiede Welt, de hier dör kien Husen un Straten verbaut was. Sien Ogen funnen alltiet wat Neijes: Kohjen, de to neerkauen laggen, en Schaap, dat hum anblarrde, en Vögel, de ut de gröne Hammerk liek in de Hemel flog, Blömen in alle Klören — un darbi schoot hum dör de Sinn, dat de Süsters in de School satten, do fung he luuthals an t' singen.

Of un to bleev he stahn un wachde, bit de beid Fraulü rankwammen. Tant Reenste was wat füllig un kunn dar neet so bilangs as sien Moder. Nee, mit Moder alleen was dat moijer to reisen. Wat vertellde se hum anners neet all van hör ollerlike Huus, wor se nu hengungen un wor noch Tant Jantje, hör un Tant Reenstes Süster, in wohnde! Nu harr se heelkien Tiet för hum.

Lüttje Fent sien Gedanken störmden vörut: of se wall weer so lecker Melkbree kregen, wenn se ankwammen? Un of Tant Jantje wall weer an Lena, hör Dochter, see: Do lüttje Fent man en dicke Roggentweeback mit Botter un Zücker drup? Hum leep dat Water al in de Mund tosamen, wenn he dran doch, un nu murk he ok, dat he Smacht harr. In Huus gung dat faken man wat sünig to, un Moder harr neet umsünst hör grote leeren Taske mitnomen un dann noch en wiede Püütsack unner hör

Kleedrock bunnen. Wenn se vanavends na Huus kwammen, dann gaff 't noch en Bliedskupp för sük, wenn dat an 't Utpacken gung.

Lüttje Fent vergatt sien Umwelt, he maalde sük de Herelkeiten ut, de Lüttjeloog in sük burg; un de Tiet wurr hum neet so lang darbi. Luurde dar achter de Bomen neet al de Karktoorn weg? Un dar — ja, dar kwamm de Möhlen in Sicht — dat muß he Moder even wiesen! He keek sük um, man och — wor wassen de beiden noch! He gung up en Steen sitten un keek hör tomööt. Moder leep en paar Tree vörut, Tant Reenste kunn wall neet recht mitkomen. Sull man in Huus bleven wesen, doch he, wat geit se mit! Langsam zuckelde se achter hör Süster an, un as se dicht bi hum wassen, höörde he hör stennen: »Ik kann neet mehr, Greta, ik hebb Blick in Neers —«

»Och du leve Tiet!« reep Moder, »dann mutt Jantje di gliek even Swienfett geven, wi sünd dar nu ja futt!«

Lüttje Fent keek verfeert van een up de anner: »Wat hett Tant Reenste, Moder?«

»Och nix, Leev«, se schoov hum wieder, »hör word dat Lopen stuur. Gah man to, kennst de Weg ja wall.«

Ja, de kennde he goot, un he stappde ok as eerste bi Tant Jantje in de Döör.

»Dar büst du, lüttje Fent? War sünd de annern dann?« froog se.

»Komen!« see he, un sien Ogen nammen al de grote Pott up de Obend wahr: dar sull wall Melkbree in wesen, de lange Sleef stunn darin.

Se wassen all um Tant Reenste to, de was dar so lang

neet west. Moder froog gliek na Swienfett, un Lena see: »Kumm man her, Tant Reenste!« un namm hör mit tegenan, un Tant Jantje beduurde hör: »Och, dat Schepp-sel! Man is nix beter as Swienfett!«

Dann harren de Fraulü sovööl mit'nanner to tötjen, dat se lüttje Fent dar haast over vergatten. Man dar was he goot mit tofree, he att, wat dar man in wull un schoov sük tüskenin na buten in de Tuun, dar hungen an de Busken noch allerhand Beejen, Tütjes un Kanintjes gaff dat, un een Boom was so krumm, dat man dar in klautern un in sitten kunn. De Dag harr noch vööl langer wesen dürst . . .

He gung noch mit Lena hen 't Melken, un dann gaff dat Schinkenbotterbrot, un wiels he mit beide Backen kaude, speet hum dat blot, dat he man een Liev harr. Man Tant Jantje fleede allerhand in Moders leeren Taske, dat weer en Trost.

»Dat Brot is swaar, kriggst dat ok mit, Greta?« froog se.

»Ha!« reep lüttje Fent, un sien Moder meende: »Dat nehm ik unner de Arm.«

»Jo Brot is lecker«, leet Tant Reenste sük vernehmen; hör Liev un Seele harren sük dör Eten un Drinken weer tosamenfunnen, un se was de hele Dag knapp to de Hörn ut komen.

»Ja, wullt ok en Enne mit hebben?« froog hör Süster. »Is frisk backt.«

»Ja, och — dat kunn ik wall«, see se, »wenn ik dann 's abends so in mien Eenigkeit sitten do, dann snied ik mi dar en Stückje of. Ik krieg ja, wat ik will bi unse Lü — so neet — man darum, dat Brot is lecker!«

Tant Jantje snee en Brot midden dör: »Harrst man en Taske mitbrengen sullt —«
»Ne-he, ik koom ja neet, dat ik wat hebben will! Hest neet en Stück Papier, bruken ja neet all sehn, wat ik hebb, sücht so armselig ut!«
Um dat Brot wurr en Blattje slaan, un Tant Reenste namm dat an sük; Moder kreeg hör leeren Taske, de borevull was, in de Hand un dat hele Brot unner de Arm, lüttje Fent wurr noch en Packje mit Botterbroden tostoken, dat se unnerwegens neet flau wurden, un dann trüllden se mit sük dreen weer of.
»Wacht even!« reep Tant Jantje noch, un Lena kwamm hör nalopen: »Hier, Tant Reenste, för d' Gefahr!« un drückde hör en Lapp mit Swienfett in de Hand.
»Och ja! Ik wull, wi weren der eerst!« see se mit en Sücht.
Lüttje Fent doch dat unnerwegens ok männichmal: Ik wull, wi weren der eerst! Was de Weg vanmörgens neet vööl körter? Man do harren sien Beentjes noch neet all de Stappen maakt, wor he de Dag mit kleen kregen harr.
Se wassen alle dree blied, as se in de Zug satten. Sovööl Bott as vanmörgens was dar neet, mit hör stegen en Bült Mannlü in, de van de Arbeit kwammen. Een gung in sien fule Kleer stuuv tegen Tant Reenste sitten, un se truck hör gode Rock dicht an sük. Dat halve Brot leggde se unner de Bank.
Lüttje Fent stunn vör 't Fenster un keek ut, un sien Moder vermahnde hum all Ogenblick: »Paß up, dat du der neet utfallst!« Se freide sük, dat se hör Taske en Sett vör sük henstellen un hör Brot up Schoot nehmen kunn.

»Wat en Lucht is dat hier!« Tant Reenste keek hör Süster düll an, man se meende hör Naber, de jüst neet na Ungels Water rook; darto harr he en Slaatje achter de Kusen un mook dar en Künst ut, de brune Quiel in en Strahl midden in de Wagen to speijen. Dar funn nüms wat bi, dat was bi 't Priemen neet anners. De olle Opa in de Hook, de van 't Knojen heel krumm was, mook mit en Prökel sien Döffke schoon un kloppde hum an sien Schohsohle ut. Un sien Macker sedde en sülvstanbaude Knaster in Brand, de nett so wiet van Havanna weg was as he sülven.
Lüttje Fent fung an t' snüffeln: tegen hum fung een an, en Bückling to vertehren, un de fiene Bunkjes, de sien Fingers neet funnen harren, spütterde he unscheneert up de Grund. Dar keek nüms anners bi ut, darför was dat veerde Klasse. Blot Tant Reenste mook en Gesicht as een, de sowat neet wennt is, un of un an leet se en Wort an hör Süster fallen, dat na »Swienkram« klung. Man de see: »Och wat, dat is hier neet anners —« un bi sük doch se: »Se is kien Mannlü wennt, dar kummt dat van!«
De olle Wagen rutterde darlangs, un wenn de Zug um en Dreih boog, dann wurden sien Insassen tege'nanner an smeten, dat Tant Reenste in hör Schrick sük an hör Naber fasthull, of se wull of neet.
»Ho, Ollske«, reep he, »holl di an 't Gelänner!«
De annern lachden, man se was up Tipp treden.
Bi dat Geschüddel harr hör halv Brot sük ut sien papieren Hülle rutschillt, un as dat nu ins weer en Stööt gaff, do kwamm 't unner de Bank weg un rullde midden in de Wagen.

»Heerijees, dar kummt en Rötte an!« reep Opa in sien Hook.
»Hu —!« gierde en jung Wicht un sprung hoch.
Lüttje Fent keek verfeert, man dann lachde he: »Och Tant Reenste, dien Brot!« un leep hen un namm dat up. Man »Ha!« see se, wat sach dat der ut van sien Reise dör Natt un Dröge up de Grund, un he hull dat sien Tante hen.
Tant Reenste dreihde de Kopp stiev na de anner Siet un dee, as wenn hör dar nix van angung. Sien Moder see: »Geev man her«, un se angelde dat Papier unner de Bank weg un sloog dat Brot dar weer in, »könen de Deeren kriegen.«
Se lachden alle weer, blot Tant Reenste harr en Kopp as en Klosterkatte un platzde haast vör Dülligkeit.
As se dann utstegen wassen, froog lüttje Fent: »Wullt dien Brot neet mit hebben, Tant Reenste?«
Do gung 't los: »Doot hebb ik mi schaamt, dat du dat upkregen hest! Wuß ja nüms, well dat hören dee! Dat kummt darbi rut, wenn man in veerde Klasse fahrt! Noijt gah ik weer mit jo up Reise!«
»Mußt laten!« see Moder.
Nu kreeg de hör Deel: »Wo kannst du dat mitnehmen, dat mögen de Deeren ja neet mehr!«
»Mögen se wall«, see Moder, »man kriegen se neet!«
Un as se in Huus wassen, do snee so moij de Kösten drum weg un smeet de in de Hohnerpott.
»So«, see se, »nu segg man nix, wi smieten doch kien goot Brot weg!«
Un Vader un Wichter atten drin as Diekers. Blot lüttje Fent mugg dar kien Stück van. Man he see nix.

Pingstermarkt

Dat was Pingstermarkt. Blaue Hemel un Sünnschien un — wat för Jungseharten noch mehr bedütt — twee Dage Fierdag, kien School, kien Loopsteeplichten of anner Sörgen, Mannomann, dat was Reev!

Marten Bamann, Peter un Ludje Toren, in 't Oller all een Jahr ut'nanner, stevelden gliek na Middag los. Marten, de anner Paasken al to de School ut kwamm un de in de Weke för Koopmann Kögel Waren wegbroch, harr sük twee Groschen spart; de harr he so in de Husen tokregen — wat he verdeende, muß he ofgeven, sien Moder harr hum wullt van wegen Marktgroschens! — un he muß alle Nööslang even natellen: twee mal en halve Groschen un fiev mal twee Penning!

»Wat wullt dar all mit?« see Ludje; he un sien Brör Peter harren blot hör Sönndagsgeld, elk twee Penning. Hör Moder leet sük ok neet up Pingstermarkt in, se harr hör Groschens nödig genoog.

»Och, ins sehn, wat dar is!«

»Wenn Jürens dar is mit sien Mallmöhlen, mutt he uns up 't Brettje laten«, see Peter, »uns beiden, Ludje un mi!«

»Warum jo beiden?« Dar gah ik ok mit up, dree mutten dat wesen.«

»Ha, dat wullst wall! Man uns Vader kennt Jürens goot, kiek hier!« Dar kunn nu Marten neet mit, de sien Vader was doot.

»Tja — dann betahl ik eenfach, wenn ik fahren will«, see he van boven dal. Man he rekende doch gau ut, dat he mit sien Riekdom tegen dat Brettjestahn neet upkwamm.
Dat grote Stück Land tegen Staffisens Weertskup, wor alltiet Pingstermarkt up was, wees um disse Stünne noch neet vööl Volk up, un de dree gungen eerst mal bi de Buden langs, dat de Ogen hör Deel kregen.
Jungejunge, wat gaff dat doch för Herelkeiten in de Welt! In Riegen laggen de Hönnigkoken upstapelt, un Glasen vull Saftwater stunnen dar dicht bi. Kringels hungen dutzendwiese tosamenbunnen van Stocken dal, un Kisten vull Marktkoken luurden up Kopers. »Eingewickelt in Papier, sechs für 'n Groschen gibt es hier!« reep de Keerl, de darto höörde.
»Dar haal ik mi en Rulle van«, see Marten, »nahst — eerst will 'k sehn, wat dar noch is.«
Dar de Boltjes, en lange Bude vull, van alle Soorten un Klören, un de Slickerstangen — fiev Penning kösten de.
»Wenn wi noch een Penning harren, dann kunnen wi een mit'nanner kriegen«, kalkuleerde Ludje.
»Och wat«, Peter truck hum wieder, »kumm her, wi kopen uns so 'n Stang, de köst twee Penning!«
Ja, dar gung dat meest elker Jahr up an: so en Art Pepernöten, lüttjet un rund as en Penning, in en lange papieren Rulle — en heel Enne för 't Geld.
»Ja«, see Marten, »dar nehm ik erst een van«, un kluuvde een Tweepenningstück to sien Vermögen ut.
Do kunnen de beiden annern dat ok neet langer utholllen, se leggden hör hele Geld in so en Stange an, beten

dar en Gatt in un leten dat Gootje, dat egenlik na nix smecken dee un doch so lecker was, in de Mund glieden. Un dat düürde neet lang, do was de Freide up. Man do klung hör dar heller un lüstig wat in de Ohren: de Mallmöhlen!

Mit leverla was dat vuller worden, un de holten Peerdjes, de so tack all hör Leven up de Achterbeen stunnen un mit de Vörpoten vull Stolt un Overmoot hochsprungen, drogen al männige grote un lüttje Gast up hör Rügg.

Ludje leet sien Ogen over de rotplüßen Sofas lopen.

»Dar — dar sitt he!«

Un he meende Jürens, de Eegner van de Mallmöhlen. De keek priesherelk ut en rotsamten Kanapee up de lüttje bunte Welt, de he in d' Runne gahn of stillstahn leet — blot dör en Pingelingeling van de grote Klocke. De Lien, de sien Hand hull, dee bold neet mehr nödig, um de Schimmel to regeeren; de leep sien Zuckeldraft un hull an up dat Pingelteeken. Un dat de Mallmöhlen to rechte Tiet to de Swung ut kwamm, darför was dar as Bremse bi de Zug dat Brettje, en holten Slee, de an en Tau hung un in de rechte Ogenblick in de Fahrbahn smeten wurr. Dor sprungen dann en Stück of dree Jungse up un leten sük as Ballast so lange mittrecken, bit de Schimmel stunn. Un dat was noch noijt gebört, dat dar Gebreck an Jungse was; se reten sük um dat Brettjestahn.

Peter leep mit de Mallmöhlen rund, de langsam stahn bleev, un de anner beiden hullen sük dicht an sien Siet.

»Unkel Jürens —«

En Kopp mit dicht swart Haar, dat as Öllje glumm, dreihde sük na hör to.
»Unkel Jürens, dür wi up 't Brettje —?«
»Nee!« repen dree Knevels, »wi sünd dar jüst eerst up komen!«
En paar brune Ogen keken ut Fettpulsters heel pleseerelk up hör dal.
»Ja, ja, nachher —«
»Och, Unkel Jürens — wi sünd dat — kennst uns Vader ja goot —!« reep Peter, un Ludje, de sien Ogen haast so bruun wassen as de Mann sien, bedelde mit:
»To doch, Unkel Jürens!«
Unkel Jürens lachde, dat gaff sovööl Vaders, de he kennen sull: »Ja, ja — zweimal noch, dann kommt ihr!«
Un na de twede Rundfahrt wurr dat Brettje mit Beslag beleggt, wat neet sünner Stöten un Buffen tüsken hör un de, de oftrucken, vör sük gung, un Marten Bamann dürs as darde Mann mit — de Fründskup woog doch swaarder as sien Riekdom.
Wat en Lüst, so midden mang de glinßernde Pracht — hör Kinnerogen sachen neet, wat smerig un ofsleten was — in en Wulke van Musik an de Minskheit dar buten vörbitofahren! As bunte Vögels sweevden de Schienfatten boven hör, un Gardinen, mit sülvern Parls bestickt, weihden unner de holten Hemel. Wat en Glück, so en anmaalde Peerdje um de Hals to faten of over weeke, vörnehme Plüüß to strieken! Un wat en Upgave, to rechte Tiet dat Brettje daltosmieten un mit en Wupp daruptostahn!

Wenn Unkel Jürens neet noch tegen anner Jungse Plichten hatt harr van wegen Vaders un so, dann harr dat hörtwegen de heele Namiddag so wieder gahn kunnt.
»Ik bün rein dusig!« see Ludje, as se weer as Schippers an Land stunnen.
Man Peter reep: »Kiek even, dar is Unkel Jan!«
»O ja —«
»De mag uns wall fiev Penning geven!«
Dat was ja en Utsicht!
Man dar was een bi hum, un overhoopt — se kunnen doch neet hengahn un hum so prallherut fragen!
»Wenn he uns man erst sehn hett!«
Se peilden sük na de Gegend hen, gungen an de beiden Mannlü vörbi un repen:
»Moin, Unkel Jan!«
»Moin!« Unkel Jan keek sien Süsters beide Trabanten frünnelk an. »Kiek, dar sünd ji?« Un vörbi was he.
»Heerijees!« see Peter.
Man so gau leten se dat neet in de Been sacken. Dat düürde neet lang, do kwammen se Unkel Jan weer tomööt.
»Moin, Unkel Jan!« nickkoppden se hum bliede to.
»Moin, moin!« see he un prootjede mit de anner Keerl wieder.
Man he was noch neet unner bi de Budenriege ankomen, do klung dat al weer:
»Moin, Unkel Jan!« Un veer Ogen strahlden hum an.
Do wurr hum dat ja wall warm um 't Harte — of wurr hum dat lastig — of gung hum en Lücht up — nett gliek, he bleev stahn, grabbelde in de Westentaske un see:

»Na, hier dann, för jo beiden —«
Twee Hannen sloten sük um en halve Groschen.
»Danke, Unkel Jan!«
Un nu gung dat up de Slickerstangenbude an.
Marten Bamann kreeg een alleen, Peter un Ludje een mitnanner. Dat was beter as heel kien, man Peter kunn dat doch neet goot verkroppen, dat he dat moije, lange, gröne Enne nu doch deelen muß!
»Ick krieg halv van!« stunn Ludje tegen hum.
»Ja, wacht man —!« snaude he.
Neet wiet van hum of stunn en lüttjet Wicht, nüver un moij in Tüüg, un hör Moder — en rieke Frau, dat sach Peter mit een Blick — hull hör an de Hand un vertellde sük wat mit en anner Frau. Dat lüttje Wicht sabbelde an en Slickerstang.
Kwamm dat nu, dat Peter sien Dülligkeit uttoven muß — of harr he anners wat in d' Sinn — miteens gaff he Ludje en Schubbs, dat he tegen dat lüttje Minske anstaverde, un de leet vör Schrick de Slickerstang fallen.
»O —« blarrde de los, un de Moder keek verfeert, wat dar weer. As de Blitz was Peter dar, namm de Slickerstange up, man dreihde hum erst goot in de Sand um, un hull hum dat Wichtje hen:
»Ist ganz schmutzig —« see he an de Frau un keek hör unschüllig an.
»Ja, die kannst du nicht mehr essen, Kind!«
»Meine Schli-hi-cker-stange«, brullde hör lüttje Dochter.
»Kriegst eine wieder, sei man still! Magst du die noch?« froog se Peter.

»Ja-ha!« lachde de, wiskede dat sanderge Enne an sien Büxen of un gaff hum Ludje: »Nu hew wi elk een.«
»O Mann ja!« freide de sük.
Glück mutt 'n hebben, dann is 't noch mal so moij up Pingstermarkt.

Zirkus

Fiedje, Hero, Harm un Dirk stunnen wall al en Karteeruhr up desülvige Stee to beraatslaan.

»Ja«, see Harm, »wenn Hero un Fiedje hör Moder de hele Namiddag weg is, dann geiht dat nargens beter as achter hör Huus.«

»Ofmaakt!« see Dirk; he harr dat Kummdeeren in disse Saak, um dat he de eenzigste weer, de al mal in en Zirkus west harr.

Un Zirkus wullen se maken, dat stunn fast.

»Sacken hebben wi genoog«, versprook Fiedje, »Moder hett en hele Rummel för 't Tuffelrüden tohoop söcht.«

»Un Stocken?« froog Dirk, »to en Tweemasten-Zirkus hören allerhand — tominsten twee langen.«

Ja, elk wull sien Best doon.

»Un dat wi Tokiekers kriegen! Ji weten ja: erste Stee twee Penning, tweede Stee een Penning.«

»Man wat inböört word, dat word ehrelk deelt, hör?« reep Harm.

»Klar«, see Dirk. »Ik bün Direkter, un an de Kasse sitt ik ok.«

»Doon Direkters dat dann?« wull Harm weten.

»Jawall, de mutt doch sehn, wovööl Geld inkummt!«

Dar was nix tegen to seggen.

»Un nahst kopen wi uns dar wat för!« freide Hero sük.

»Wenn se blot Geld mitbrengen«, twiefelte Fiedje.

»Anners komen se der eenfach neet in«, bestimmde Dirk. »Na — dann bit dameet!«
Vandaag wassen se een Büx, een Wams, de Veer. Se wassen in een Oller, blót Hero un Fiedje scheelden sük een Jahr, man se gungen alle in een Klasse, um dat Fiedje, de darteihnjahrige, eenmal sitten bleven weer.
Gliek na Middag sloot Frau Groot, wat Heros un Fiedjes Moder was, de Kökendöör of un leggde de Slötel in en Hook up de boverste Balk, wor nüms upkieken kunn.
»So, Kinner, ik gah eevkes na Tant Lina. Spöölt man moij bi Huus, ik koom dann naderhand ok gau weer. Un doot kien Undöögt — Fiedje, hörst wall? Du büst de Ollste!«
»Ja — ja, Moder.«
Se nickkoppden un winkden, bit se ut Sicht weer, un se harren sük noch man knapp umdreiht, do kwammen Dirk un Harm al ansetten, un lüttje Heini Krull was bi hör.
»Kinner könen wi noch neet bruken«, reep Fiedje.
»Minske«, see Harm, »Heini hett fiev Penning, dar will he mit in Zirkus — kiek man!«
Heini, de noch neet bit fiev tellen kunn, um dat he noch neet in de School gung, wees stolt sien Geld vör.
»Van Tant Sientje«, vertellde he, »för Küssentjes.«
»Och, Zirkus is vööl moijer as Küssentjes, Heini —«. Fiedje streek hum over de Kopp.
»Ja, Heini —« alle Ogen tinkelden up dat Fievpenningstück dal, »du lettst dat in de Kasse plumpsen, un dann dürst du tokieken bi Zirkus!«

»O ja!« lachde Heini.
»Kummst ok up Sperrsitz heel vörn, de annern mutten all achter sitten!«
»O ja!« freide Heini sük.
»Bliev man gliek hier, wi baun nu up!« see Dirk. »Anners haalt he doch noch Küssentjes«, meende he sachte an de annern.
Nu gung de Drockte los. Bohnenstangen un Bessenstelen wurden in de Grund rammt, un Moder Groot hör Tuffelsacken un en Enne Sacklinnen, dat Harm updaan harr, kwammen darover un umto. De olle Sacken wullen blot neet recht sitten blieven, se gleden alltiet weer dal.
»So geiht dat neet«, schull Dirk, »wor kriegen wi de blot mit fast?«
»Hier —« Hero grabbelde en Enne Band to sien Büxentaske ut. Ja, dar leten sük de Timpen van de Sacken mit an'nanner binnen, man nu hör an dat Sacklinnen fasttokriegen!
»Harr wi man Spellen!« see Harm.
»Och, Spellen in de dicke Sacken, büst mall?«
Hero broch noch en Spieker ut sien Taske vandag.
»Harr wi man mehr!« see Dirk.
»Spiekers genoog!« reep Fiedje un haalde stolt sien Vaders Spiekerbacke to 't Achterhuus ut.
»Man nu komen dar alle Gaten in!« gaff Hero to bedenken.
»Dat is nix«, see Harm, »dar könen kien Tuffels dör.«
Dat Zirkustelt stunn, se wassen tofree mit hör Wark.
»Moij, Heini, wat?«

»Ja,« lachde Heini, »en Huus!«
»Kummt noch vööl moijer!« reep Dirk; he dreihde Fiedje sien Pole dat Binnerste na buten un sedde hum scheef up Kopp.
Un elk harr wat Besünners mitbrocht, um sük ruttoputzen: Schuden un Doken van hör Süsters un olle Pulten ut hör Moders Plünnensacken.
»Wi hebben ja noch kien Kasse!« see Harm.
»O Mann, ja!« Dirk sien Ogen lepen in d' Runne: dar in 't Huck stunn en hoge Kiste vull Holt — de kunn passen! Dat Holt floog rut, de Kiste wurr dat Unnerste boven sett un bi de Ingang upstellt, en blicken Schöddelke, wor anners Puuß ut fratt, kwamm drup — klar was de Kasse.
»Kumm her, Fiedje«, Dirk truck hum achter dat Telt, »di dürt nüms mehr sehn.«
Un he haalde en Stück rode Farve ut sien Rocktaske, dar freev he mit in sien Mackers Gesicht rum.
»Keerl, wor hest dat her?«
»Is mien!« prahlde Dirk un namm en swarte Köhle: »Nu kriggst en Snurrbart.«
»Geiht de ok weer of?« harr Fiedje Sörge.
»Ha, mit gröön Seep geiht alls weer of, seggt mien Moder«, beruhigde hum Dirk.
»Du — bünd in Zirkus neet ok Deeren?« froog Fiedje.
»Ja, Baren un Tigers un so, man de hew wi ja neet. Of — wo is dat mit jo Katte?« meende Dirk.
»Och —« dar harr Fiedje neet vööl mit up, »wor mag de wesen? Un dar kannst ok nix mit maken. De krabbt futt, wenn hör man even in Steert knippst.«

»Is nu ok al to laat«, see Dirk, »hör, dar komen al Kinner! So — ik gah nu erst an Kasse — nahst mußt du mi anfarven, wenn ik Kloon August bün.«
Fiedje speet dat blot, dat he kien Spegel harr, he muß ja wunnerbarelk laten!
Dirk gung nu achter sien Kiste stahn un bölkde los: »Kommen Sie rein, meine Herrschaften, immer rein!« so as he dat bi de Zirkus, wor he mit sien Vader in west was, hört harr.
De Herrschaften bestunnen ut Wichter un Jungse ut de Naberskup.
»Erster Platz zwei Pfennig, zweiter Platz ein Pfennig, Sperrsitz fünf Pfennig!«
»Ja — wor is dann Sperrsitz?« froog Harm.
»Jees ja —« Dirk krabbde sük de Kopp, »harr wi man en Stohlke för Heini!«
»Sall ik en Stove halen?« full Hero in.
»Ja — to man!«
Hero stoov in 't Achterhuus un kwamm gliek weer: »Ocheer, de steiht in Köken, un de Döör is to!«
»Slötel liggt boven!« reep Fiedje, »wacht —« he sach, dat sien lüttje Brör neet anrecken kunn un flitzde hen, langde de Slötel runner un sloot de Döör open. Un Hero sedde sien Moders Stove as Sperrsitz in dat Telt.
»So, Heini, hest betahlt?«
»Nee«, see Dirk. »Heini, kumm — kiek, dar in de Kasse lettst du dien Geld in plumpsen!«
Heini broch sien lüttje dicke Fingers boven dat Schöddelke. »Plumps« lachde he, as dat Fievpenningstück darin klöterde. Twee Wichter smeten dar en Penning in.

»Tweede Platz!« reep Dirk, un Harm leet hör in 't Telt.
»Tweede Platz – hier gaht man sitten!«
»Wat, up de Grund?« De Wichter keken minnachtig.
»Is ja Gras, dar sitten ji week!«
»Ocheer! Wor is dann de erste Stee?«
»De Riege dervör«, see Harm.
Buten wurr dat luut. En paar Jungse repen: »Ji sünd ja mall, dar geven ji Geld för?«
»Sünner Geld kummt hier nüms in!« see Dirk un bölkde weer los: »Herein, meine Herrschaften! Hier ist zu sehen, was noch kein Mensch gefressen hat! Jick und Jack, die beiden Ringkämpfer un Boxer –«
»Dat sünd wi!« see Hero.
»Un zwei Kloon Augusten, ja – un der Feuerschlukker –«
»Jung, dat mugg ik doch wall sehn«, meende Jan Nater, »ik hebb blot kien Penning –«
»Laat uns dar doch so in, Dirk!« bedelde een.
»Kannst ok umsünst in Zirkus komen, du? Betahlt mutt worden!«
Dat wees sük ut, dat de tweede Stee vull besett was: dree Wichter un twee Jungse satten dar. De erste Stee bleev löss, twee Penning har nüms anleggt. Heini satt priesherelk up sien Sperrsitz.
»Beginn der Vorstellung!« reep Dirk, »Ji annern mutten nu na Huus hengahn!«
Dar stunnen buten goot sovööl as binnen.
»Nee – do wi neet!«
»So?« Hero kwamm in Fahrt: »Dat is uns Hoff, hett nüms wat to söken!«

De Wichter trucken langsam of, un na Buffen un Schellen slörden ok de Jungse weg.
Nu gung dat los: Hero un Harm smeten alls of bit up de Büxen, dat hörde sük so för Ringkämpfers, un gungen as Hahntjes up'nanner an. Wieldes leet Dirk sük van Fiedje anfarven, dat dat en Art harr.
»Och«, see een van de Wichter, »dat mag ik heelneet sehn, de Haueree —«
»Scheit man ut«, reep Dirk achter dat Telt weg, »nu komen de Kloon Augusten!«
Hero un Harm knurrden, dat hör Nummer al up wesen sull: »Dat olle Wichtergootje begrippt ja nix van Zirkus!« Man se schoven of, un de Kloon Augusten kwammen rin. Fiedje was up en Geetkanne an t' tuten un Dirk mook Koppstibolter; Fratzen moken se un Gott weet wat all, un dat Publikum gierde vör Lachen. Dann kwammen Hero un Harm weer to boxen, un as de Wichter dat ok neet sehn muggen, fungen se an to fleitjen, sprungen Buck over'nanner weg, stoken de Tunge ut un so wat mehr, man an de beide annern kwammen se doch neet ran mit hör Künsten. Up 't leste steeg de Glanznummer: Fiedje as Füürfreter.
Harm harr sien Moder en lüttje Buddel mit Petroljum ofluxt, un Dirk harr en Endje Keerse up en Stock fastmaakt. Fiedje namm mit Doodsverachten en Mundvull Petroljum un stunn dar in de Arena, de Backen dick uppuust. Zirkusdirekter Dirk vör hum mit de brannende Keersenstummel bölkde: »Meine Herren, dies ist der berühmtigste Feuerfresser der Welt!« De Damen vergatt he, man dat full neet wieder up.

»To — los!« see he sachte.
Un Fiedje speijde dat grieselke Natt tegen de Keerse an, un en grote Flamme flog umhoch.
»Huuh —!« raarden de Wichter un sprungen vör Schrick in 't Enne, dat de Zirkusmasten dat Overgewicht kregen un de stolte Bau to'nanner insackde. Wat en Glück, dat de Sacken swaar un fuchtig wassen, anners harr wall de Füürfreter mitsamt de hele Herelkeit in Flammen upgahn kunnt.
»O Mann«, seen de Wichter, »wat hebben wi uns verfeert!« Un se smeten dat Sackwark bisiet un reten gau na Huus hen.
Lüttje Heini brullde, he was mit sien Stove over d' Kopp fallen, un een harr hum up de Hand trappelt. »Kumm her, Heini«, see Mieke Möller un hulp hum to Been, »ik breng di na dien Mama hen.«
De veer Zirkushelden fungen an uptorümen, trucken de Spiekers to de Sacken ut un smeten alls up en Bült.
»Laat uns erst even Geld tellen!« sloog Hero vör.
»Hebben wi al«, see Dirk, »nett een Groschen!«
»O — weeßt wat, dar halen wi uns olle Wieven för!« Fiedjes Ogen tinkelden in Vörfreide.
Ja, dar wassen alle mit för.
»He, wacht, wi mutten erst de Farv weer of hebben!«
Fiedje un Dirk gungen unner de Pumpe, Hero muß Moders gröön Seep halen un dat Kökenhanndook, se freven an'anner rum, bit dat der sowat of was.
Dann neiden se derlangs. Olle Wieven gaff dat bi Backer Pütt am meesten, de wohnde wat wieder in Stadt. Se

kregen ok en goot Enne, ’t was so ’n Art Sirupskook — un dat wur ehrelk deelt.

As se alls verdrückt harren, schoot dat Harm in d’ Sinn, dat he sien Sacklinnen weer mithebben muß. Se gungen en Padd achter de Husen langs, un as se al dicht bi Groots Hoff wassen, bleven se miteens stuuv stahn.

»So —« hörden Fiedje un Hero hör Moder seggen, »Zirkus! Darum liggen all mien Sacken hier rum! Un de Kökendöör is open — weet de Döögt, wo se de Slötel funnen hebben! De Lümmels!«

»Ja — un dat Kind so dat Geld oflocken —« dat was Heini sien Moder.

»Will ik weer hebben«, blarrde Heini, »för Küssentjes«.

»Ja, dat Geld mutt der weer her, hett he van sien Tant Sientje kregen!«

»Ojee —« see Fiedje.

»De laat man komen!« klung hör Moders Stimme weer. »Nu kiekt ins — Gaten in de Sacken! un dar steiht mien Seepenpott — un dat Hanndook, natt as en Feidel — un wat sitt dor in — Farve? De Döögneeten!«

Mehr hörden de Veer neet, se lepen, wat de Been hergaffen.

»Was ’t man erst mörgen!« Hero haalde en deepe Sücht.

»Ja —« see Fiedje benaut.

»Och«, gaff Dirk to Rade, »mußt denken: Schellen deit neet sehr!«

»Ja, un Haue betert weer!« see Harm.

De kunnen goot proten, de beiden — se harren man dat Naspill, Fiedje un Hero, van ’t Zirkusspölen.

Iis

Dat was in de Tiet, as noch neet elk un een sömmerdags Iis slickern dee, wiel dat noch en neemoodse Kram was, de sük eerst so bi lüttjen ok in Ostfreesland insmuggeln dee.

Un dat was en heete, stille Sömmermiddag, wor Moder Balsters Stimme as en Grummelslag in haude: »Geertje!«

»Wa —?« Dat lüttje Minske packde gau hör Puppke in dat Pappdösenbedde.

»Wa — heet dat neet«, schull Moder. »Fällig, Mama — heet dat! Wo heet dat?«

»Fällig, Mama?«

»So! Wo faken hebb ik di dat al seggt! Man in jo kann man kien Ördnung in kriegen!«

»Och, Moder, bedaar di man«, see Vader Balster, »wenn se man hören, de Kinner!«

»Ja, du büst nett so, du hest ok kien Bildung, un darum nehmen de Kinner ok nix an!« ieverde sien Frau un smeet de Obendringen, dat dat en Art harr. Se harr al vör Dau un Dag an de Waskebalje stahn, was dann in de Tuun an t' rieten west un muß tüskenin na de Pott kieken — un wenn hör na so en Drockte een dwars kwam, dann leep se licht over.

Sievert Balster mummelde wat in de Bart un stook sien Döffke an.

»Wat sull ik dann, Moder?« froog Geertje.

»Lepels sallst kriegen!. Gliek komen de Jungse, dann können wi eten!«
Geertje tüülde mit hör fiefjahrige Kraft dat Schuuv open un tellde de Lepels up de Tafel: »Vader — Moder — ik — Ontje — Freerk.«

Do klunterde dat buten, Ontje un Freerk kwammen ut de School.
»Moin —! Wat krieg wi?«
»Bohnensoppe!« reep Geertje.
»Mm — lecker!« freide Freerk sük, man de anner knurrde: »Bohnensoppe — mag ik neet!«
»Mag neet is krank!« see sien Vader, »dann man gau up Bedde mit di!«
»Och wat, krank! En Leckerbeck is he!« Un Moder scheppde hum de Teller borevull. »So — dat ettst up, Esel van Fent!«
»He mag lever Krinthjesoppe, nich, Ontje?« froog Geertje; man Moder see: »Kinner hebben nix to mögen, de eten, wat de Pott upgifft. Dankt Gott, wenn ji alle Dage Bohnensoppe hebben.«
»Moder«, fung Freerk en anner Gespreck an, »Mester hett ok up di schullen!«
»Wat? Up mi?«
»Ja, he see, du mußt derför sörgen, dat ik en Taskendook harr!«
»De is woll mall!« kwamm se in 't Enne. »Nehmt Duum un Finger, wor hebbt ji de anners för kregen!«
»Man Moder«, kunn Sievert dat neet laten, »ik lööv, dat hört ok jüst neet to de Bildung!«

Up dat Ohr was Moder doof, se harr nu en anner Schüürpahl: »Laat de Keerl mi ins komen! Vandage hebb ik eerst wusken, dar helpt mi kien Mester bi! Do man en Kumpelment van dien Moder, un he sull di man en Taskendook kopen, he harr mehr Geld as wi!«

»Nee, Moder«, see Freerk, »dat segg ik neet! Wenn ik ok en Kumpelment van di segg – man de Haue krieg ik!«

Ping–ping–ping! klung dat buten.

»Hör!« Geertje strahlde: »Pinglingling – wat is dat?«

Still was 't miteens, alle lusterden.

Ping–ping–ping . . .

»Wat is dat?« froog Geertje ungedüldig.

»Melkwagen?« meende Ontje.

»Hee – de klingt anners, kummt ok ja neet um Middag«, see Moder.

»Amenn de Utroper?«

»Even kieken –« Freerk was al to de Dör ut.

»Ik ok even –«

»Hier bliffst –« reep sien Moder, man Ontje höörde al neet mehr.

»Ok even kieken –« Geertje rutskede van de Stohl of.

»Nix darvan! Geihst sitten?«

Dar kwamm Freerk al weer an: »Kiek even – en heel witte Wagen!«

»Och, dann is 't doch seker en Melkwagen, de in de Tiet verbiestert is«, meende Moder.

»Nee – en Melkwagen is dat neet, dat is en heel lüttje, un dar sünd sülvern Toorntjes up!« verklarde hör Söhn.

»Dat Spill will 'k ins sehn«, see Vader un wull nett achter sien Ofleggers an, do kwamm Ontje achter de Aam an: »O Mann, de Keerl hett Iis to verkopen.«
»Iis?« see dat Ollske, »in de bare Sömmer?«
»Hier wohnt doch kien Weertsmann, well sall dat dann hebben?« froog Sievert, »du kwetelst woll, Jung!«
»So 'n Iis is dat neet, as wor man up schöfelt — dit kannst eten.«
Bi de Nahricht stoov Freerk weer na buten.
»Wenn dat noch en Settje düürt mit jo Kaueln, dann is jo Soppe ok Iis!« schull Moder.
»Och, kiek doch even, Moder, so 'n Wagen hest noch noijt sehn!«
Vör dat se wat seggen kunn, kwamm Freerk dar weer inbösseln: »Dat Iis dat is Pudding! Jan Müller hett sük wat köfft — för een Groschen!« Nu schoot Geertje, de so lange mit Nöös un Mund tohöört harr, dartüsken: »Pudding — Moder, koop uns ok Pudding!«
»Ja, to doch, Moder — för een Groschen!« bedelde nu ok Freerk, un Ontje besunn sük recht up sien Bildung: »Bitte, leve Mama!«
»Och wat — so 'n Kleieree — well mag dat torecht greemt hebben —«
Man Vader grabbelde in de Taske rum un haalde en Groschen vandag: »Na, dar dann — willen doch ins sehn, wat dat för en Gootje is?«
»O ja!« freide Geertje sük, un de beiden annern stolterden Hals over Kopp mit dat Geld na buten, un dat düürde man even, do wassen se dar weer: »Hier — recht up en Teller!« »Un en Puppenlepel darbi!«

»Wies even!« reep Geertje, un sülvst Moder was neesgierig: »Stellt dat hier ins up de Tafel — hest dar doch neet an slickt unnerwegens?«
»Nee — seker neet!«
»So«, see Vader, »Moder un ik willen dat ok ins pröven —«
Ontje haalde dar al mit sien Soppenlepel en Körrelke ut: »Hu — wat kolt —!«
»Ik mag so 'n Strunt neet«, see Moder, »blot probeeren will ik 't.« Un namm en Lepelke vull. Man se leep in Drafft na dat Törffatt un speijde dat weer ut: »Harrijasses nee — dat kannst ja neet eten — Vader, laat dat, du kriegst dar Kuuskellen van!«
Man de harr al en Spier up de Tunge un mook en Gesicht, dat de Kinner sük dootlachen wullen.
»Kolt is dat«, see Freerk, »man lecker!«
»Ik hebb noch nix hatt!« jaulde Geertje.
Man Moder greep de pappen Teller un see: »Nix darvan — ji verneelen jo alle de Maag. So kann man dat neet eten, dat mutt erst up de Obend, dat dat warm word.«
»Dat de Teller man neet anbrannt«, gaff Sievert to bedenken.
»Jekes ja, dat is ok wahr. Wacht —« se namm en Schöddelke ut dat Schapp un krabbde de geel-rosaen Pudding darup. »So, nu kann dat anwarmen, un dann könen ji dree jo dat deelen. Nu eet man erst de Soppe up!«
»Ik hebb noch nix hatt!« knörde Geertje.
»Gliek kriegst en dick Stück, Leeve«, tröstede Moder.
»Wo könen se dat Gootje wall so kolt maken, is ja grieselk, ha!«

De Kinner lepelden för 't Störten.
»Up!« reep Geertje, »krieg wi nu Pudding?«
»Iis heet dat, Duddelappe!« see Freerk.
»Na – wullt du wall – so 'n Woort an dien lüttje Süster seggen, Sleef?« sedde Moder hum torecht, »wor lehrst dat van?«
»Even föhlen, of 't al warm is!« Ontje leep na de Obend hen un — »ojee — wor is he bleven —?«
»Well —?« sprung Freerk up.
»De Iis — is — weg!«
»Weg?« Moder keek up. »Steiht dar ja up 't Schöddelke, Duddelappe!«
»Nee, Moder, dar is blot Water up — fuul Water!« reep Ontje.
»Wat?« All kwammen se to Been.
Blot Vader fung miteens luuthals an t' lachen: »Ja, Kinners, dat Iis is smulten!«
Moder keek hum verbaast an: »Smulten? Man – dat was doch kien rechte Iis!«
»Ja – woll was dat Iis,« reep Freerk, »o Mann – nu hew wi nix darvan hatt –«
»Schiet!« see Ontje, un ditmal was dar nüms, de hum weer to sien Bildung verhulp.
Lüttje Geertje smeet sük up 't Brullen: »Nu hebb ik nix hatt –«
»Dat is ja Bedregeree!« schull Moder. »So 'n Keerl – de laat sük hier ins weer sehn laten – mit sien Iiswagen –!«
»Na«, see Sievert Balster un stoppde sük sien Döffke, »wi hebben tominsten en lüttje Lepelke – un dat sall Geertje hebben!«

Do snückerde dat lüttje Minske noch eenmal, un dör de kullernde Traantjes lachde se: »O ja — en Puppenlepel!«

Sünnerklaas

Ewigkeit is en lang Tiet, man Mai kummt mien Leven neet, see de Maid, do wull se um Mai trauen.
Dit Spreekwoort kennde lüttje Elso wall noch neet, wenn he ok ankomen Paasken al na de School hen muß, man sien Gedanken lepen up datsülvige rut, wenn sük dat bi hum ok neet um Mai un Trauen, man um de Avend van disse Dag hanneln dee, de Sünnerklaas brengen sull.
He harr al en Armvull Kohlbladen ut de Tuun haalt un up sien Teller packt.
»Vöölstovööl!« see Moder, »de kann Sünnerklaas sien Schimmel neet up!«
»Och nee — he frett ok ja van alle Fensterbanken of. Dann geev ik de Kanintjes dar noch wat van.«
Dat harr he gau daan, bi Oma harr he ok al sien Teller up 't Fensterbrett sett — nu muß dat doch ok bi lüttjen düster worden!
»Moder, kann ik noch neet unner de Schöstein stahn gahn?«
»Ja, gliek, wenn Vader dar is.«
»Moder, warum kummt Sünnerklaas neet al bi Dag?«
»Ja —«, dat wuß sien Moder ok neet, de Jung kunn en ok dat Hemd van 't Liev of fragen.
»Dat doon se alle, de van de Hemel komen«, hulp Lieske hör, de dar satt un hör Leren mook — se löövde ja neet

mehr an sowat mit hör twalv Jahr, man Elso was noch lüttjet, de muß man darbi laten — »de Wiehnachtsmann un Christkindje komen ok ja in Düstern.«
O ja — dann was dar wall nix bi to maken, dann wull he noch man even na buten gahn un kieken, of Vader kwamm.
Vader kwamm ok bold, man de wull sük noch erst wasken un sowat mehr un see, he sull noch man buten blieven.
Dar was ok rein nix los vör Döör, un na en Tietlang kwamm he anlopen: »Moder, de Unkel hett al en Lateern anstoken up Strate!«
Do harr sien Moder en Insehn: »Na, dann willen wi sehn, of Sünnerklaas dar al is!«
Elso hüppde vör Bliedskup up un dal. Vader namm sien rotbunt Snuuvdook un bunn hum dat vör de Ogen.
Lieske stunn vör hum un hull de Hand hoch: »Wovööl Fingers sünd dat?«
»Kann ik ja neet sehn!«
»Dann kumm man her!« Lieske föhrde hum unner de Schösteinbossem, de satt dar noch over de Kookobend, de nu an Stee van de open Füürherd stunn.
Elso hull mit beide Hannen sien Schuudje open un sung:

Sünnerklaas, du gode Bloot,
Breng mi 'n Stückje Zückergoot,
Neet tovööl un neet to minn,
Smiet mi 't man to de Schöstein in!«

Plumps — full dat van boven in sien Schude — Elso sloog vör bliede Schrick de Klöör ut: »Moder — gau — maak mi dat Dook vör weg!«

Un dann sach he 't mit sien sehnde Ogen: twee Kruutstuutjes un twee Stück Sünnerklaasgoot, en Kükerükühahn un en Schipp!
Wat en Upregen, wat en Freide!
Van de Kruutstuutjes kreeg elk en halve bi 't Avendeten, de Hahn un dat Schipp dürs Elso alleen upeten, för Lieske funn sük ok noch en Stück, wenn se ok nix in de Schude kregen harr. Se harr ok ja neet sungen. Man en Teller stellde se doch up, so groot was se nu noch neet!
Lieske sleep al, do harr Elso sien Ogen noch open: he wull neet slapen, he wull hören, wenn de Schimmel kwamm! He wull sehn, wo Sünnerklaas dat anfung, dat he van buten dat Fenster openkreeg, dat doch van binnen tomaakt was! Man noch wassen Vader un Moder up. Vader gung noch ut, he hörde Moder seggen: »Nu kumm neet so laat weer, hörst wall?« »Nee, nee —« reep Vader, »en halve Stünne blot!«
Man — of de halve Stünne nu to lang of Elso sien Ogendeckels to swaar wurden — se klappden tominsten dicht, un he höörde un sach nix mehr.
Sien Moder in de Köken kwamm de halve Stünne ok verdexelt lang vör: Dat wurr teihn, dat wurr elven, un hör gode Mann, de blot even bi 't Verknobeln, dat to Sünnerklaas in de Weertskuppen vör sük gung, tokieken wull, kwamm noch neet. »Dat mag di weer en Stück Geld kösten!« schull se in hör Enigkeit. »Wat hett he verleden Jahr mitbrocht? En verdröögde Speckaal, dar harr wi teihn dicken för kopen kunnt, wat de hum köst hett!«

Dar – dat gung up twalven – rökelde wat an de Döör. Dar kwamm he an.
»Du leve Tiet –« blaffde sien Ollske hum tomööt – do bleev hör dat Woort in de Mund bestahn. Mien Gott, wat broch de Mann dar mit?
»Still, Moder, segg nix –« sien Tunge was wall allerhand overlopen in de halve Stünne bi 't Tokieken – »hier kummt Sünnerklaas an!« un he swung en meterhoge Rüter-up-Peerd, ut Stutendeeg backt, vör hör Ogen.
»Wor is de Jung?«
»De slöppt doch –«
»Haal hum her!« reep he.
»Büst mall? In de bare Nacht? Nix darvan, de kriggt he mörgen froh –«
Se harr wat to doon, dat se de hoge Moot van hör Mann kleen kreeg, un darover wurr dat Schellen vergeten, un he leet sük bedaren. De anner Mörgen, as Moder upstunn, wook Elso up. Wat – was doch –? O – Sünnerklaas! Nu harr he hum doch neet hört! He was dar doch wall west –? Elso krabbelde to 't Bedde ut. In de Ogenblick mook sien Moder de Kökendöör open, un dat Lücht full jüst up dat, wat dar stunn. De lüttje Mann bleev stuuv stahn: »O – Moder –!« un leep sachte mit sien blode Footjes up de allmachtige Keerl up Peerd los, de mit sien swarte Krinthenogen noch over Elsos Kopp wegkeek.
Nu kwamm ok Lieske to Been un wuß neet, wat se sach.
»Moder – wo hett he de – dör 't Fenster kregen –« stamerde Elso.
»Ja,« reep dat ut Vader sien Bedde her, »dat mugg ik ok wall weten!«

Over dit Wunner wurden de Stutenkeerl un dat Stutenwiev un de Pepernöten up de Tellers rein un dall vergeten.
»Wor leggen wi dat Undeer nu hen?« froog Moder. Vater wuß Rat. He haude en Spieker in dat Kleerschapp, un dat Peerd kreeg en Band tweemal um de Buuk un wurr uphangen. Bit dat Sönndag was, do namm Vader hum un stellde hum vör 't Kökenfenster. Un alle Kinner ut de Naberskup un noch wieder her stunnen buten un keken sük de Ogen to de Kopp ut, un Elso un Lieske stunnen binnen mit dat stolte Geföhl: dat is uns!
De Krinthenogen un -knopen verswunnen so bi lüttjen, un dann froog Elso: »Wennher dür wi hum slachten?«
»Wiehnachten« see Moder.
Un so wurr dat ok.
Vader meende wall, dat wassen mehr Bunken as Fleesk — na de Dröögde gerekent! Man Moder kookde en grote Pott vull Zückerla, un dar wurden Arms un Been un dat anner Wark instippt, un nix hett hör so lecker smeckt as Sünnerklaas sien Stuten-Rüter-up-Peerd.

De Fahrt na Rudelsburg

Sien Naam was Jürn Koopmann. Amenn harr een van sien Vörollen ins en Krüneerswinkel hatt, man he harr dar nix mehr mit to doon, he was bi de Iesenbahn. Un wenn sien Kinner in de School fraagt wurden, wat hör Vader was, denn seen se stolt: »Lokomotivheizer!« Denn wat för Vaders wassen Baas over de Lokomotiven, de dicht bi hör Huus vörbi pusten deen? Nüms anners as hörs! Wenn he neet dat swarte Freten in de fürige Rachen smeet, dann bleven se stahn; sünner Vader gung dat eenfach neet!

Jürn Koopmann sien Ollske was neet so stolt up hum as hör fiev Trabanten. Se taxeerde sien Rang na de achteihn Groschen, de he daags verdeende un van de he noch allerhand up Kopp hauen dee, um dat he leep geern en Lüttje mugg.

He was anners en Goothals van Keerl, man van hör seen de Nabers, dat se en Hellhake was. Dat was ok neet oftostrieden, man laat gewähren – wenn se nett so slock west weer as hör Mann, wor wassen se dann wall bleven!

Eenmal in 't Jahr was en grote Festdag för Jürn Koopmann sien Familje: Dann sedde de Ollenbörger Bahn för all hör Angestellten en Utflug in 't Wark, un Weken vörut wassen de Kinner al an t' raden, wor de Fahrt ditmal wall hengahn mugg.

Up Reise — dat was ja en Begevenheit! Wat för Kinner gungen up Reise, mit Zug! Un up en Warkeldag midden in de Schooltiet! Moder muß dann extra na de Mester hen un hör för de Dag free fragen! Un de anner Kinner wassen alle niedig — ja, de hör Vaders wassen ok ja neet bi de Bahn!
»Wor gahn wi dit Jahr hen?« frogen de Kinner, as de Dag weer in Sicht kwamm.
»Ja,« see Vader, »as ik höört hebb, na Rudelsburg.«
»Rudelsburg? — Wor liggt dat?« wullen se weten.
Vader krabbde sük de Kopp: »Ja, dat weet ik ok neet.«
»Och, dat is ja nett gliek, wor dat liggt«, hulp Moder sük, »wi sölen dar wall van sülst henkomen.«
Nee, dar gaffen se sük neet mit tofree: »Even up Korte nakieken«, see Trino, de Ollste, un reet al sien Schoolatlas tüsken sien Boken weg. Teihn Ogen wullen alle to glieker Tiet sehn, se buffden un stödden sük vör de Tafel weg, un Moder muß erst de Lüttjen bedaren, dat de Groten hör wiesen sullen, wenn se 't funnen harren, anners harr dat Moord un Dootslag geven.
Se söchden rund um Ollenbörg to, dar muß dat dicht bi wesen, allto wiet was dat dar noijt van of.
Man Rudelsburg stunn dar neet.
»Hebb ik ok noch noijt wat van hört,« see Vader.
»Ha, ik wall!« Moder was en Deel kloker as hör Mann, dar dee se sük wat up togode. »Du wall, Moder?« Fiev lebennige Fragetekens keken hör an.
»Ja,« see se, »as ik bi Schultes denen dee, de hör Dochter kunn so moij singen, un de sung faak wat van Rudelsburg. Ik höör 't noch: Unten tief im Tale —«

»Im Tale? O Mann«, reep Sientje, de teihnjahrige, »dann mutten dar ja Bargen wesen!«
»Ja,« fullen de annern Groten in, »Tal gifft dat blot, wor Bargen sünd!«
»Ja«, see Vader, de ok noch anners kien Bargen sehn harr as de Plytenbarg bi Leer, »dat mag wall, ik hebb wall al hört, achter Ollenbörg sölen Bargen wesen.«
O Heer, dat was ja en Upregen! Wat en Utsicht, in de Bargen to fahren! De Kinner kunnen dar neet van in Slaap komen, un se proden van nix anners, bit dat de grote Dag dar was.
Do broch Vader söven Fahrkarten mit, dar stunn up: »Oldenburg«.
»Blot na Ollenbörg?« De Gesichten wurden lang.
»Ja,« meende Vader, »erst fahren wi na Ollenbörg, un dann sall dar wall en Extrazug wesen, dar geiht dat dann mit wieder na Rudelsburg.«
»O ja!«
Dat wurr alle feiner; erst na Ollenbörg, dat was al en heel Enne, un dann noch mit en Extrazug!
Moder harr dat drock, un de Wichter mussen helpen, dat alls to Schick kwamm. En Barg Botterbroden wurden smeert, Stuutjes wurden haalt — de gaff dat anners blot saterdags un wurden sönndags upwarmt — en Flesse Saft kwamm mit.
»Dar ist dat all düür«, see Moder, »de Weertslü nehmen 't van de Lebennigen, dar kannst kien Geld tegen anhalen. Ji Jungse gahn hen un halen twee Dickkoppen Beer, de nehmen wi mit för Vader.«

»Och«, belehrde Willm hör, »Beer kannst doch overall kopen, dat köst dar nix mehr as hier, un de sünd swaar to slepen.«
»Wat weeßt du darvan«, ieverde Moder, »dat word dar in Glasen utschunken, un dat meeste is Schuum. Un wenn jo Vader dar eerst bi anfangt, dann word dat en düre Spaß!«
Dat hulp nix, de Dickkoppen Beer mussen mit.
De lüttje Meike, de Paasken eerst na de School komen was, tellde noch eenmal de Fahrkarten na, de up 't Schapp laggen; »Papas, Mamas, miene, Trinos, Sientjes, Willms, Heinos — söven Stück — na Rudelsburg!«
»Nee, eerst na Ollenbörg«, verbeterde Heino.
»Kriegen wi dann weer Korten för de Extrazug?« froog Sientje.
»Seker«, wuß Moder, »sünner Korte kannst mit kien Zug fahren!«
Upt leste gung ok disse Dag to Enn, un in 't Bedde wassen se noch an 't singen: »Einmal werden wir noch wach, heißa dann ist Reisetag!«
Un se wassen alle froh wacker un mit en Swung to 't Bedde ut. De Wichter kregen hör witte Kleer an un dürsen dar in Huus neet mehr mit sitten gahn, anners wurden se kruus van wegen dat Stiefsel, wor se so fein van ofstunnen. De Jungse lepen al vörut na de Bahn, dat se man ja neet to laat kwammen.
Vader namm de Karten. »De geev mi man«, see Moder, »du kannst hör nahst weer neet finnen.«
Man dar wull Jürn Koopmann nix van weten. Wat sull de Knipser wall seggen, wenn sien Ollske de Korten vör-

wees, un he leep as so 'n Slaato achter hör an! He wull sük neet doot schamen!
Moder knurrde, man na — dann in Gottes Namen!
Dann satten se glückelk all in de Zug, dat heet, de Wichter mussen stahn van wegen de stoffergen Banken. Se harren en Kupee heel för sük; all, de drin keken, moken gau de Döör weer dicht — fiev Kinner! Un darde Klasse fuhren se, anners was för hör Soort Lü de veerde berekend; man vandage köst dat nix! Wat goot, dat de Ollenbörger Bahn sovööl Geld harr, dat de hör umsünst reisen laten kunn!
De Kinner kregen de Nösen neet van 't Fenster weg: elker Huus, elker Koh, elker Schaap was en Beleevsel. Un de Drahden, vör 't Fenster gungen up un dal, up un dal!
»So«, broch Vader sien Kenntnissen an, as se Stickhusen achter sük harren, »nu komen wi gliek ut Ostfreesland rut.«
»O Vader, mußt uns ok de Grenze wiesen!« reep Willm.
»Ja, paßt man up: wenn dar gliek en witte Steen kummt, dar fangt dat Ollenbörger Land an.«
Un se gierden vör Stolt un Bliedskup, as se over de Grenze fuhren.
»Dat kann man futt sehn«, was Trino overtüügt, »dat dat hier en heel anner Land is!«
Un se keken sük de Ogen to de Kopp ut, wat hier wall anners wesen mugg.
Willm kreeg as eerste de Stadt Ollenbörg in Sicht, un nu wimmelden se as Miegheemkes dör'nanner. Blot Vader kwamm neet to de Ruh ut.

»Dat wi man nix vergeten«, Moder stapelde Sack un Pack um sük to.
»Vader, nu wacht doch! Nehm du de Kinner bi di, ik nehm de Paketen. In so 'n Grootstadt nehmen se de Lü man so wat of!«
De Kinner hullen sük stuuv bi hör Vader. Man de gung futt up de erste Iesenbahntjer an, de hum in de Weg leep: »He! Wor ist hier wall de Extrazug na Rudelsburg?«
De Mann keek hum dumm an: »Weiß ich nicht —«
»Ja, dat mutten wi eerst gewahr worden!« Jürn Koopmann wuß, wat he as Familjenvader in de Frömde sien Anhang schüllig was. He stüürde up en paar Beamten an, de bi en anner Zug stunnen; sien Volk achter hum an.
»Is dat wall de Extrazug na Rudelsburg?«
»Richtung Bremen!« see de een un keek hör heelneet an.
»O Gott, wenn wi man mitkomen!« jammerde Sientje.
»Ha — sünner uns fahren se neet weg!« beruhigde Vader.
»Ja, dar luur up!« Moder wurr dar benaut bi.
Dar kwamm well mit en Packwagen anfahren, de sprook se an: »Och — wo komen wi wall na Rudelsburg hen?«
»O«, see he un bleev stahn, »wor de Iesenbahner fieren?«
»Ja«, nickkoppden se all, un Vader froog weer: »Wor steiht de Extrazug wall?«
De anner lachde: »Extrazug? Mien leve Mann, Rudelsburg — dat is en Lokal hier in Ollenbörg.«
Se keken hum all mit'nanner mit Nöös un Mund an: »Hier —!«

»Ja, an 't anner Enne van de Stadt.« Un he beschreev hör, wo se darhen kwammen.

Dat was ja en Dalslag! Nix van Extrazug, de Reise was ut, un ut was 't mit Bargen un unten tief im Tale! De Kinner stunn dat Brullen vör de Hals.

Man Vader see blot: »Na, dann man to, dann bruken wi ja neet mehr fahren.«

»Dann man wieder!« drängde Moder, »dat wi hier rut komen!«

Dar leep nett weer en Zug in, un dat krimmelde um hör to van Minsken. Se leten sük van dat Gedrüüs wiederschuven, mussen bi Trappens dal und kwammen dör en düster Gang na de Sperre.

»Vader!« reep dat achter hör, Moder was noch achterup, »Vader, krieg de Karten!«

Vader föhlde in de Westentaske, in de Rocktaske, in de Büxentaske –

»Weiter!« »Nicht stehen bleiben!« »Platz da!« snauden de Frömden, de ok dör wullen.

Vader gung verfeert bisiet, de Kinner mit. He was an 't Söken – alle Tasken dör: »Ik – hebb hör doch – instoken –«

Dar was ok Moder: »Jees, Vader – hebb ik 't neet seggt, sullst mi de Korten geven! Du verfummelst doch alls!«

Jürn greep upgeregt van ene Taske in de anner: »Ik – hebb hör doch.«

»Hier – hollt de Paketen!« Moder drückde elker Kind en Pack in de Hand un fung an, Vader sien Tasken dörtoflüsen: »Mien Gott, wat doon Mannlü ok mit sovööl Tasken – dor sünd se ja!«

Gott Dank! Vader wiskede sük mit de Mau de Sweet of, de Kinner holen deep Aam för Verlichten. Dat wurr ok Tiet, de Knipser wull al weggahn.
So, nu wassen se buten — in Ollenbörg. Se keierden dör de Straten, wat gaff dat dar to kieken! Un to kopen! All de Geschäften mit de grote Fensters!
De Kinner harren hör Kummer langst vergeten.
Mit leverla fraagden se sük na Rudelsburg hen. Ja, dat was en grote Tuun mit Tafels un Banken, un Musik was dar un en Wüppwapp un en Koppel Volk, alle Iesenbahntjers.
Moder sekerde hör en Tafel, de noch halfweg free was; un dann wurr utpackt. Un de Kinner trucken mit en Stuutje un en Botterbrot of.
»Ik hebb Döst«, see Jürn Koopmann, de nu alle Plichten van sük offallen föhlde, »ik will erst en Glas Beer hebben.«
»Hier, Vader«, sien Ollske tüülde wat ut hör Hangelpüüt, »hier hest en Flesse —«
Jürn schoot de Klöör ut: »Büst mall? Sall ik hier en Buddel vör de Hals nehmen? Ik blameer mi doch neet!«
Dar gung he hen un leet sien beter Hälfte allennig mit hör Reev sitten. Jees ja — se harr sük wall een an de Kopp geven muggt! Dat se ok kien Glas mitbrocht harr!
Anner Lü kwammen un sedden sük bi hör an de Tafel un bestellden Koffje. Un as se alle Minsken eten un drinken sach, do mugg se dar neet allennig so tüsken sitten, un se leet sük ok en Kopp Koffje setten.
De Kinner kwammen weer ansprungen: »Wor is Vader?«

»Ja, söökt hum man!« see se.
Un na en Sett kwammen se weer: »Vader steiht an de Theke un drinkt Beer.«
So, darför harr se nu de twee Dickkoppen mitsleept! Se kennde hör Mann, de leet nu männige Groschen achter de Knoopsgaten verswinnen.
De Kinner haalden sük hör Botterbroden un drunken Saft ut de Buddel un harren hör Pleseer. Man hör Moder satt mit Verdreet tüsken all de Frömden.
Jürn Koopmann leet sük de hele Namiddag neet sehn. De Lü fungen al an uptobreken, um dat dat Tiet na de Bahn wurr. Do stüürde se de Kinner hen, se sullen Vader Bescheed seggen, se mussen weg.
De kwammen dann ok mit hum an, un sien Ollske sach futt, wat de Klocke slaan harr: he harr Slagsiet un braaskede düchtig.
He schoov sien Hoot achter up de Kopp, namm en paar Kinner an de Hand un reep: »So, dann koomt man her, nu willen wi noch en Reise maken!«
Moder hör Püten wassen leeg — bit up de Beerbuddels. »Nu weet he ok noch, dat ik de hebb«, doch se, »nu suppt he de unnerwegens noch up!« »Nee —« see se in hör Eenigkeit, »de kriegt he neet mehr in d' Liev, wenn ik dann noch kien Elend in Huus hatt hebb, dann krieg ik 't vannavends.«
Un as se up hör Weg na de Stadt hen an en Wall langs lepen, do schuulde Moder sük bisiet un goijde de beide Flessen an d' Güntsiet. Se gungen hör stuur of: »Bare Geld so wegsmeten! Man beter dar as dör sien Hals.« En Glück noch, dat de Kinner nix murken harren.

Se satten knapp in de Zug, do gung ’t al los: »Wat hebb ik en Döst!« see Jürn Koopmann. »Moder, nu geev mi man even en Buddel Beer!«
»De sünd dar neet mehr«, gaff se to Antwoort.
»Wat? Wor is dat dann bleven?« wunnerde he sük.
»Ja, meenst du, dat ik de heele Dag nix hebben wull?«
He keek hör verbaast an, dann fung he luuthals an t’ lachen:
»Du? Du maggst ja heelkien Beer!«
»Och — drinkt sük al wat weg, wenn man Döst hett.«
Dat se man neet noch see, wor de Buddels bleven wassen!
De Kinner keken verwunnert, man se hullen dat för kloker, sük dar neet mit Fragen tüsken to steken.
Vader knurrde bit na Hus hen, un he was dar noch man nett, do lagg he al un snurkde.
Moder schull, dat bi so en Fahrt nix rutkwamm as Geldutgeven.
Man de Kinner wassen vull van de moije Reise na Rudelsburg un freiden sük al up dat anner Jahr.
Wor mugg dat dann wall hengahn mit de Iesenbahn?

In de Oper

»Junge, ja!« seggt Uko Ukens, »all wat recht is: is doch en anner Bedriev in so en Grootstadt as bi uns up 't Fehn!«
De grote Slapphoot up, de Hanne in de Taske, so keiert he in sien wiede swartmanschestern Timmermannsbüxen dör de Straten.
»Wenn ik hier en Tietlang Arbeit holl, sall mi 't recht wesen.«
He lett sük van de Minsken drieven, de achter'nanner an un an'nanner vörbi dwirlen — as Miegheemkes van een Bült na de anner. Uko Ukens hett noch wieder kiene Bekennden hier as sien Mackers an de Bau, wor he siet en paar Dage timmern deit, un he hört to de Soort Minsken, de van sük ut alleen dör 't Leven steveln, wenn hör nüms anhalen deit, un de dat mit en Fründskup sachte angahn laten. Kien Not, dat he sien Fieravend neet rumkriggt! Man jo neet in en muffige Bude sitten un Korten spölen und supen! He mag ok wall mal en Glas Beer, warum neet! Man dann mutt he dar Sinn an hebben, so blot um 't Supen, dat is nix för hum.
Wat is dar wall los?
Een Wagen na de anner hollt vör en grote Bau, un wat dar utstiegen deit, is all vörnehm Gootje! Un van alle Sieden komen Mannlü un Fraulü, de hollen hör wiede Mantels vörn overanner, dat bi elker Tree de Fierdags-

staat in alle Klören drunnerweg luurt. Un alle gahn se in de grote Döör. Sull dat en Kark wesen? Sücht dar neet na ut, man darum — kannst all neet weten.
Wor hest dien Mund för, Uko Ukens? Kannst ja man een fragen, de Keerl dar kickt neet ut, as wenn he di de Kopp ofbitt.
Uko leggt sien Fingers an sien Hoot: »Och — was is dies hier woll?«
»Opernhaus!«
»Och so — Opernhaus, danke!«
»Bitte sehr!«
Opernhaus — Oper . . .
Uko weet noch, wennher he dat Wort för 't erste Mal hört hett: he was en lüttjen Knevel, fiev — seß Jahr olt, un bi Opa up Besöök. Do kwamm dar een to de Döör in: »Jo Swien is to 't Huck ut!« Opa gung na buten un sach dat Steertenne van 't Swien mang de gröne Kohl wimmeln. Do gung dat Jagen und Griepen los, Opa un de Nabers un Uko — alle achter dat Swien an, bit hum glückelk een bi de Ohren harr. Un as dat Deer mit Hangen und Wörgen achter 't Slött brocht was, do wiskede Opa sük mit sien rode Snuuvdook um de Kopp un see: »Dat was ja 'n Oper!«
Uko Ukens weet nu al, dat en Oper sowat is as Theaterspölen; man he kann dar nix an doon — wenn he dat Wort hört, mutt he an Opas Swien denken.
Anners Theaterspölen — dat is wat Feines! Uko hett al faker so en Stück sehn, up 't Fehn sünd se ok neet achterup; de Gesangverein sien Stiftungsfesten hebben sük en Naam maakt mit Upförderejen. Man in so en Stadt, wor

dat so en grot Huus blot för Opers gifft, dar mutt dat ja heel wat Besünners wesen!
Uko Ukens kriggt dar allmachtig Sinn an. Warum sall he neet dar ins in gahn? Is dat dann blot för vörnehm Gootje? Ha, wenn he sük in 't Sönndagse smitt, dürt he sük mackelk sehn laten!
An de Müür hangt en Zedel, dar steiht up, wat spöölt word: »Zar und Zimmermann«. Kiek ins an, dat sleit ja in sien Fack! Un mörgen avend is dat ok noch. Mörgen is Saterdag, kummt ja goot ut, kannst di de anner Dag utslapen!
De anner Avend steiht Uko Ukens in sien beste Packje in dat Opernhuus an de Kasse un föddert sük en Kort — haast harr he »Knallerie« seggt, man hum schütt noch froh genoog in 't Sinn, dat he kien dummerachtige Fent mehr is.
»Gallerie?« Nichts mehr da! Wohl noch Orchesterloge — eine Mark.«
Ok goot, is wat dürder, man klingt ok vörnehmer, dat kann dar för eenmal up stahn.
So — man wor nu hen? Wo kummt man nu na sien Stee? Harr dat Frauminsk ok seggen kunnt!
Uko kickt um sük to: een — twee — dree Trappens gahn na boven, dar sall nu een weten, of he rechts, links of in d' Midden rup mutt. Wat steiht dar an: Loge 1—50. Dat sall wall recht wesen, dar man up an! Allerhand Dören sünd dar, alle sloten, man dar steiht en Keerl in gröne Uniförm mit sülvern Litzen, de slutt en Döör open un lett dar Lü in. Uko maakt en Stapp darbi un will dar gau mit inflitzen.

»Karte bitte?« hollt de Mann hum an.
Och so, he meent, ik hebb kien Kort, denkt Uko, »Jawoll, hier!«
»Orchesterloge — an der Seite rauf!« seggt de Mann.
Anner Siet — kiek, bün ik doch verkehrt lopen, denkt Uko, geiht de Trappen weer hendal un stiggt nu rechter Siet hoch. Dar steiht weer so en gröne Keerl vör sloten Dören. So — nu kenn ik de Rummel al, meent Uko un hollt hum sien Kort unner de Nöös, as wenn he sien Leven nix anners daan harr.
»Orchesterloge — an der Seite rauf!«
»Anner Seite bin ich gewesen, man da war 's nich richtig«, seggt he.
»Draußen?« fragt de Mann.
Uko kickt hum verbaast an: »Draußen? Nee, Mann, binnen!«
Dat Gesicht vör hum kickt minnachtig up hum dal: »Orchesterloge — draußen Treppe hoch!«
»Dat harrst ja man gliek seggen kunnt!« knurrt Uko un stevelt weer runner, un de anner Keerl seggt ok noch van »anner Seite«. Also buten. He steiht un kickt bi de Gevel up un dal, hen un her: Is dar en Trappen, mien leve Mann? Ji willen mi hier wall vernarr bruken? Man Junge — Uko Ukens hett sien Geld betahlt — he kummt rin! He geiht weer in de Vörruum un wiest de eerste beste, de hum tomööt kummt, sien Korte. »Och, wie komm ich da wohl hin?«
»Orchesterloge? Ja, da gehn Sie raus, draußen am Haus entlang, da ist noch ein Eingang, und da gehn Sie die Treppe rauf!«

»O so — so ist das! Dann soll ich das wohl finden.«
De Mann kunnst noch begriepen, de annern deen ja, as wenn se hör Woorden betahlt hebben wullen.
Richtig, dar is noch en Ingang, nu sölen wi de Budel wall kriegen! De Trappen is neet so breet as de anner, mien Gott — dar kummt ja heelkien Enn in — Uko stiggt. Kien Utblick, na beide Sieden nix as Müren. Wenn dat man recht is!
Ja, nu word dat breeder. So, dar is weer so en Ruum mit Dören, un dar steiht ok weer so 'n gröne Litzenkeerl. Darup an!
»Ist hier Orchesterloge?« Nu geiht hum dat Wort al of as Water!
»Nicht hier, drüben! Garderobe ablegen, bitte!«
Uko ritt gau de Hoot van de Kopp — Minske, Minske, dar harr he ok an denken kunnt, he wuß doch, wat sük hören dee!
»Dort abgeben!« wiest hum de Mann.
O ja, dar hangen allerhand Hoden un Mantels, un dat Ollske dar mutt dar wall uppassen, dat nix wegkummt. He leggt sien Hoot hen un grabbelt na sien Knippke, so en olle Frau will sük dar noch en Groschen mit verdeenen.
»Kostet nichts!« seggt se.
He, wat sünd de Stadtjers rejell, dann deit se dat wall ut Tietverdriev.
»Worauf warten Sie noch? fragt dat olle Minske.
»Ja, krieg ich nich so 'n Schein, daß ich nachher meinen richtigen Hut wiederkrieg?« meent he.
»Die Nummer steht auf Ihrer Karte, die zeigen Sie nachher vor!«

Kiek ins an, so word dat maakt. Goot, dat he dat weet, anners harr he de Kort amenn noch unnner sien Stohl smeten.
So, nu rin — dar is nett en Döör open. Nummer 1 mutt dat wesen, dar is dat al.
Dunner ja, dat is di en Stee! Dar kickt 'n ja liek up de Bühne an!
Uko steiht un lett sien Ogen um sük to gahn: wat en Pracht! Dat is anners wat as Weertsmann Pick sien Gaststuuv up 't Fehn.
En paar Fraulü dreihen de Koppen na hum. Wat willen de to jappen, denkt he, de hebben noch wall kien Mannminske sehn! He sett sük recht gemütelk dal. Fein ist dat hier! All rode Samt —!
»Entschuldigen Sie, das ist mein Platz!«
En jung Wicht steiht tegen hum un lacht hum frünnelk an.
»Nee!» seggt Uko, »das ist meiner, Nummer eins!«
»Ach —« se luurt up hör Kort, »Sie versehen sich gewiß, dies ist links, und sie haben vielleicht Nummer 1 rechts?«
Uko fingert sien Kort to de Westentaske ut: »Rechts? Ja — warraftig, rechts! Un — dies ist links?«
»Ja, da müssen Sie ganz herum gehn, sehn Sie — da gegenüber!« belehrt se hum.

Na, dann kann de Reise ja nochmal losgahn, man nu kann dat ok bi lüttjen uphören! Un de Fraulü dar kieken un grienen achter hum an — neesgierige Zegen! Man he weet tominsten, wor he hen mutt un schufft sük tegenover en paar Dören wieder mit en Drubbel Lü rin. Also Nummer een — dar! Is ja datsülvige, links of rechts, dat sall hum gliek wesen. Man wat hebben de van de anner Siet alle na hum hentosehn un to gnifflachen? Och wat, mußt di neet an kehren, Uko, kiek in de Saal runner!

He leggt beide Arms up dat Gelänner. Vull is dat dar unnen! Un en Staat hebben de Fraulü! He mugg wall —

»Verzeihung — Sie sitzen auf meinem Platz!«

Uko kickt up, en Heer un en Dame smieten hum en strafende Blick to. Menen de hum?

»Ich habe Nummer eins!« seggt de Heer.

»Ich auch«, seggt Uko.

»Aber das kann doch nicht—« fangt de an.

»Weiß ich nix von, dies ist mein Platz!« Du kannst mi anners wat, denkt Uko, dat ik nochmal weer upstah! He stemmt de Kopp up de Fusten un bekickt sük dat Gewirr dar unnen.

»Unerhört!« piepst de Dame.

»Aber mein Herr, das muß ein Irrtum sein —« klingt de Stimme weer tegen hum.

»Nee, nee, dies ist rechts, Sie haben wohl links?« meent Uko, he weet ja, dat sowat vörkomen kann.

»Bewahre, rechts! Nummer 1 und 2!« lett de anner hum oflopen.

»Wo ist der Logenschließer?« Dat Frauminske winkt upgeregt na de Döör hen, un dar kummt ok al een van de Grönen.

»Der Mann da sitzt auf unserem Platz!« Se hett rein vergrellde Ogen in de Kopp.

»Zeigen Sie bitte mal Ihre Karte!« Sien Stimme is nett so ölljeglatt as sien Haar, denkt Uko, wiels he hum sien Kort henhollt, as een de dat egentlik neet nödig hett.

»Ja, wie kommen Sie denn hier herein, Sie haben ja Orchesterloge! Kommen Sie mal mit!«

Düvel noch mal — nu word Uko dar langsam düll bi — de maken hum hier ja to 'n Looppeerd! Dar mag de Blixem dörfinnen!

Rund um hum to un tegenover fangen de Lü an 't Lachen, stöten sük an un wiesen na hum hen. »Strunt — harr ik dat wußt, was ik buten bleven!« He stavert achter de Deener an. De deit, as wenn hum dat hier alls hört, de gröne Ape! Nu slutt he en Dör open:

»Orchesterloge bitte!«

So — na, laat gewähren!

Man dat is di en lüttjet Huck hier, veer Stohlen man!

En Gelach klingt up, as he sichtbar word. »Verdreihde Volk hier — to dumm, dat se liekut kieken können!«

Uko lett sük dicht an de Pieler dal, he is heel benomen in de Kopp. Och du leve Tiet, wor is de Bühne bleven? Dar mutt een ja de Hals utrecken, wenn he dar wat van sehn will. Darför kickt he liek up en Koppel Muskanten dal, de nett an to spölen fangen. Och Mann, wat hebben de dat drock to tuten un vigelinen! Heel pleseerelk to sehn, dat Spill.

Do tuckt hum een up de Schuller: »Aufrücken bitte! Nummer 4 ist mein Platz!«

Vereinstig ja — Nummer een is dar — dree Stohlen wieder! He fahrt hoch — dar juchen al weer en paar! — un sackt up Nummer dree dal. Wieder gah ik neet! Ik sall wall nix mehr sehn för mien Geld!

De Muskanten krabben un sagen un fleiten un doon. Nu bi lüttjen kunn dat Theater ok anfangen.

Kiek, harr he dat man ehrder seggt — nu geiht de Vörhang vör de Bühne weg. Uko buckt sük sowiet vör, as dat man geiht, he will doch wat sehn!

Do tüült hum een an de Rock: »Aufrücken, bitte!«

Mien Gott un alls — dar stahn noch twee Mann! Uko jöökt dat in de Hanne, he mutt sük dwingen, dat he de Keerl nahst hum neet anspringt. Man wat helpt dat — he schufft sük bisiet up Nummer 1.

De Bühne — twee Planken sücht he dar noch van! Dar word up sungen, man sehn deit he nüms. He sitt so scheev, as he kann, de Nacke deit hum sehr van 't Recken: mal komen dar en paar Foten, un mal weiht dar wat Buntes vörbi, mehr is neet to sehn. Hören de dann heelneet up to singen? Dar mutt doch mal een wat seggen! Nee — kien Starvenswort! Gott ja, he mag ja anners geern singen hören, man wenn en in 't Theater geiht, dann will he doch wat sehn! Nix to maken. Un dar hett he nu en bare Mark för betahlt, dat is ja — Bedreegen is dat ja!

Uko hett en Wut in de Balg: nix as stünnenlang de Muskanten dar unnen hampeln sehn, dar kannst ja mall bi worden, magst ja kien Musik mehr hören!

Man alls up de Welt geiht vörbi, un disse Avend ok. Uko Ukens is bliede, as he sien Hoot weer hett — bi so 'n Bedriev kannst 't all neet weten!

Un as he de lange Trappen runnerstappt, do seggt he in sien Eenigkeit: »Dat was ja 'n Oper!«

In 't Nachtwachterhuuske

Vööl Rüümte was in dat Huuske neet in, dat was nett för dree Minsken berekent.
An elker Fenster was en Hörn, een för Opa un de anner för Hiske, sien Dochter. Se mussen dann alle beide hör Foten up de Füürplate setten, de so mollig warm was van de glennde Törfmüür. Un liek vör dat Füür stunn dat Stohlke för »de Jung«. Ulpt nöömde hum blot de Mester in de School un de Kinner, de dat dar höört harren.
So was de Gevelwand besett.
An de Müür darnahst stöönde sük mit twee Beenen de Tafel. En putzige Tafel; as wenn Opa dat vörher wußt harr, do he dat Dingerees up en Utmieneree för sien junge Huushollen updaan harr, dat dar meesttiets neet mehr as dree Minsken an sitten sullen.
Eerst satten he un sien Frau sük tegenover. Un dann muß dar noch en Stohl vör sett worden, dar, wor dat darde un leste Been sük unner de runne Boge stemmen dee, de as en Buukje vörsprung. Dat was Hiske hör Stee west; solange, bit Moder hör Recht dran gaff un sük na en Stee hendragen leet, van de hör nüms verdreev. Do kwamm Hiske hör Vader tegenover to sitten.
Un na en Tiet of wat muß Vader för en Sett de Tafel allennig verwahren. He dee dat mit kruse Steern un inknepen Lippen un keek ok noch neet anners, as Hiske weer over Deel was.

Un dann kwamm de Tiet, do wurr dar weer en Stohl vör de dickbuukde Tafelvörsprung schoven, un dar satt »de Jung« up, wenn dat an 't Eten gung. Un de Olle leet sük dat gefallen, as de lüttje Stimme »Opa« kreihen dee. Dat Kind kunn dar nix an doon, dat he neet »Vader« ropen lehren kunn.
So was dar weer en Dreetall; un wenn dat ok bekrumpen was, Bott genoog harren se bi Dag un bi Nacht.
Rechts un links van de Döör scheen de Müür as en tosloten Schapp — dagover. Wenn dat Avend wurr, dann gung eerst de een Siet open, un darachter was en rot un blau dobelde Barg to sehn, wor de Jung alltiet van neijen bi upklautern muß un wor he dann deep un week drin versackde. Un wenn dat evenredige Kinnergebedd mit »Amen — Nacht, Moder!« verklungen was, dann kwamm dar nett so seker achteran, as wenn dat darto hörde: »Nacht, mien Jungske! gau kummt Moder bi di to slapen.«
Man dat anner Siet bleev noch lange sloten. Nett bevör dat Moder hör Woort wahr mook, gung Opa an 't Kammett, dat de veerde Müür bit up en Hook utfüllde, un namm dar van en Spieker en dicke griesgröne Rock mit en allmachtige Kraag drup, wor he bit over de Ohren in verswunn. Un wat noch van sien Kopp overbleev, dat wurr unner en wiede, hoge Pole stoppt, blot Ogen un Nöse bleven buten.
Un dann greep he ut de Hook dat lange Wunnerding, dat hum na de Jung sien Meenen to en lüttjen Heergott mook, wiel dat sien Mund daruthalen kunn, wat dat Keerlke mit all sien Kracht neet klar broch: tuut — tuut.

Un dat klung so herelk, dat sien Fievpennings Kükerükühahn, de he van de Wiehnachtsmann kregen harr, sük in de Grund schamen muß! Un dann stappde Opa to de Vördöör ut in de Nacht herin, nett gliek, of dat maanlecht of pickdüster was.
Dat alls wuß Ulpt van 't Hörenseggen, he was dann al langst in 't Dröömland.
Un wenn he 's mörgens mit sien blode Footjes up de rode Steendeel rumspaddelde, dann dürs he blot sachtjes vör sük hen nüntjen, denn in sien Moders Doon un Laten stunn: Still, Opa slöppt noch!
Un as he na de School gung, do kreeg he sien Opa smaals eerst bi 't Middageten to sehn. Un dat was elkermal weer en Beleevsel för sük. Wenn Moder na 't Eten an 't Ofwasken gung un de Schöddels in de Balje klapperden, wenn de Teeketel kookde, dat de Haalboom sachte hen un her swung, dann schoov sük Ulpt an Opa ran, de sien Kraakstohl weer van de Tafel of na 't Füür hen dreiht harr: »Opa, vertell wat!«
De Olle langde en Packje van de Schösteinbossem un püülde dat ut'nanner.
»Vertellen — ja, worvan?«
»Van vannachts — wat dar all west hett!« bedelde de Lüttje.
»Ja, inssens sehn!« Un glückelk harren sien Fingers en Enn van dat swarte Gootje ofknepen, un en Slaatje wurr achter de Kusen schoven. Wenn 't sowiet was, klung dar alltiet en Sücht van Verlichten.
Un dann gung dat los: Van de Keerl, de miteens ut dat Düster stappen komen was un de sük dann doch as en

rechtschapen Christenminske utwesen harr. Van de Hund, de unverwachs un sünner Ursake an 't Blaffen fangen was — dar muß wall gau en Dode komen! Of van de Steern, de de leev Gott to de Hand ut schoten un koppheister up de Eer dalsuust was. Un Gott weet wat noch all!

Un de Jung höörde elkermal andächtig to, un wenn he ok vööls teihnmal to hören kreeg.

Bit up 't leste Opa in 't Füür speede: »Siso, nu is 't ut. Nu haal mi ins de Rüsken her!«

Dann gung dat Wark an; Opa mook Stohlen un Körven un sowat mehr. Moder see neet vööl. Moder mook de Köken schoon un snee de Swienpott torecht un kookde Eten un sörgde för Drinken.

Se streek of un an ok wall mal hör Jung over 't Haar un smeet dar en Wort manken. Se was, wat man wall en Gottsbloot nöömt: godig, man in 't Geheel wat unnösel. Doch in hör dagelkse Bedriev kunn Hiske der wall hen mit hör Nümigkeit. Un hör Jung wurr en snüse Fent; he sull Paasken al to de School ut komen.

»Wat wullt du worden, wenn du groot büst, Jung?«

De Fraag harr Opa al stellt, do he de Schooltiet noch vör sük harr. Un Ulpt wuß al best over sien Tokunft Bescheed: »Nachtwachter, Opa!«

Un darbi glinsterden sien Oogskes na dat grote Tuuthoorn in de Hook.

Mit de Jahren kwamm dann noch en anner Wünsk in hum hoch. Dat broch de olle Postwagen klar, de elker Dag tweemal vör dat Huus vörbi na de Stadt hen un her rutterde.

Dar vörn up de Buck to sitten un mit de Liene in de Hand de beid Peer to regeeren un up de Welt mit hör Gedoo daltokieken — dat scheen hum dat Hoochste! Un dat Maat van sien Glück was vull, wenn de olle, krumme Tjark Meinen hum en Steetje nahst sük up sien Thron inrüümde un hum ins mit na de Stadt hen kutseeren leet.

Un as Opa hum weer de Frage vörleggen dee, de se nu uphand nahdertreden mussen, do see Ulpt mit Hartpuckern:

»Nachtwachter — of Postkutscher.«

Opa keek hum an: »Kiek ins, tweerlei futt! Man blot — hier kannst du dat noch neet klar kriegen, in uns Loog is nix van beiden vannöden. Tjark Meinen deit sien Dennst noch un — dien Opa ok noch!«

Ja, dat was so. Un wahr was ok, dat Opa sien Ogen mit hum old wurden un sien Hannen neet mehr so seker togrepen as froher, un dat Ulpt mit sien hannige Fingers van en Handlanger to en Lehrjung upsteeg un dann en fixe Arbeider wurr bi 't Stohlen- un Körvmaken. Wiel dat dar wat daan worden muß, um uptobrengen, wat de Huushollen vertehrde.

Un so bleev de Jung mit all sien Wünsken vörderhand bi Opa un Moder sitten un bunn Rüsken in'nanner.

Twintig Jahr was he mit leverla worden, do scheen de Hemel en Insehn to kriegen.

Tjark Meinen kreeg dat Rieten in sien olle Knaken, dat he neet to 't Bedde ut, wat dann noch up sien hoge Buck rup kwamm. Do leet he Ulpt weeten, of de hum en Dag of wat vertreden wull. Of de wull! Ut de paar Dage wurden Weken un Maanden. Un Tjark Meinen wurr neet weer fix, un wat wull dat Glück: Ulpt kreeg sien Postje. Opa un Moder stunnen elkermal achter 't Gardientje, wenn de Jung dar stolt as en Köning vörbifuhr.

De Olle gaff sien Dagwark dran, dat wull neet mehr recht, un so nödig harr he dat ja nu ok neet mehr, un hull blot sien Nachtdennst bi. Stuur wurr hum dat ok al, man he was dar so van overtüügt, dat kien anner kumpabel weer, disse Verantwoorden to overnehmen, un he dat neet ofgeven kunn.

So gungen dar weer en paar Jahr in 't Land.

Opa was düchtig stückelig worden, man 's avends to de sülvige Stünne fung he sien Runne an.

Indes dar kwamm en Avend, do keek de Jung mit Sörgen up de olle Mann.

»Dat word di tovööl, Opa, laat mi man ins för di gahn,« see Ulpt.

»Och wat, Jung, du mußt mörgen froh weer up Stee wesen, dat kann ik noch mackelk!«

»Nix darvan, ik will tominsten en Settje mit di gahn, för 'n mal deit hum dat nix, wenn ik en Oge vull Slaap minner krieg.«

Ulpt gung mit, de Olle kwamm hum to trüselig vör. So stappden de beiden dǫr de Nacht, un in de Junge stunn sien heele Kinnertiet up; all de Vertellsels wurrn lebennig: van de blaffende Hund un de dalsusende Steern — wo lang was dat her!

Un dicht bi hum klung dat »tuut — tuut«, de Wunnerklang van sien Kinnerdagen.

Man was dat nu, dat de unwennde Sellskup up sien een-

same Gang de Olle verbiestert mook, of harr dat Oller hum nu doch unnerkregen — as he twee tuten muß, do mook he dar dree van!
»Dat was ja verkehrt, Opa, hest ja een tovööl blasen!« see Ulpt.
»Is ja wall neet wahr!« verfeerde de Olle sük, »dann will ik man gau een weer um blasen!«
Un »tuut« klung 't dar achteran — Opa harr sük verbetert.
Dat was de eerste un de leste Runne, de de beiden mitnanner moken. De anner Avend muß de Junge allennig lostrecken: Opa lagg up Bedde un kunn nix; dat kwamm hum hart an.
»Jung, wat störmt dat, treck mien dicke Rock an!«
Un för 't erste Mal muß he tosehn, wo en anner in sien Recht un Plicht greep; man disse anner was de eenzigste, de he 't günnen was. Un Ulpt was dat egen tomoot, as he dat Hoorn kreeg, dat hum eenstmals so allmachtig laten un en Wunner in sük sloten harr, un dat speet hum haast, dat he kien Kinnerogen mehr harr.
»Gah mit Gott, Jung, un maak 't goot!«
Opa sach hum ut de Döör gahn un hörde hum de Strate dal lopen. Un he lagg un lusterde, bit de Stappen weerkwammen.
»Tuut!«
As en Steek gung dat dör dat olle Hart. Man dann doch he dran, well dar buten sien Runne dee. Un dat kwamm as en Verlichten over hum, as wenn dar en Last hum van de Schullers glee. Un he leggde sük torügg in sien Küssens un lachde un dee de Ogen dicht. Ulpt kwamm in

Huus, sleep noch en paarmal over un fuhr mit sien Rappelkaar darlangs. Un as he 's middags weerkwamm, stunn Moder allennig in de Köken.
»Slöppt Opa noch?« wunnerde he sük.
»Ja, ik kann mi heelneet genoog wunnern, he hett noch neet ropen.« Mit twee Stappen was Ulpt bi de Beddsdören, de up Gliev stunnen, un reet hör van'nanner: dar lagg Opa noch nett so, as he sük henleggt harr — en Lachen in 't Gesicht.
Blot sien Hand was van de Deck ofgleden, un se was stief un kolt.

De Soppenwürfel

Dat was in de eerste Weltkrieg. Se laggen nu al over en Jahr bi'nanner up hör Klopperbude, en Stück of wat Telegrafisten, de vördem nix van'nanner wußt harren, un dat was al nett, as wenn se as Brörs mit'nanner upwussen weren. Een was en Berliner un een en Ostfreese, un de annern stammden noch annerswor her. Se wassen heel verscheden in Wesen un Art, ok in Mundart. Se harren neet alltiet desülvige Meenen, se kekelden sük wall mal. Man dat dee hum all nix: wenn dat drup ankwamm, hullen se tosamen as Kletten.

Unner de Biller, de se in hör lüttje, klaterge Bude an de Wand spiekert harren, was för elk tominsten een, de sien Sprake reden dee. Un wenn de Biller an to vertellen fungen, dann wurr dat in de anners so lüstige Sellskup still un stiller; elkereen lusterde, um dat een Woort alltiet weerkehrde un in hör naklung: Heimat.

Se harren hier noch neet sovööl uttostahn. Dat Scheten, dat Dag för Dag van de Front roverdönnerde, dee hör ja neet sehr, un de Fleegers, de over hör Koppen wegsurrden, harren anners wat vör as sük um hör to kümmern. Man wenn de Biller mit hör Vertellsels anfungen — of männichmal dee dat ok en Breef of dat Gekritzel van en lüttje Kinnerhand — dann föhlden se all mit'nanner doch, dat hör en Barg fehlen dee.

De Heimat vergatt hör neet; dat harren se weer beleevt,

as dat Wiehnacht wurr. De veerde Kriegswiehnacht, man för de meesten van hör dat eerste in 't frömde Land; se harren ja noijt docht, dat se as olle Knackers dar ok noch an löven mussen.

Och, dat Wiehnachten dar buten! Wat harren all de leven, söten Kinnerlieder so verloren klungen, as harte Mannsstimmen sük an hör versöken deen, de sük noch sovööl ruger anhörden, um dat se over 't Hart weg singen mussen, dat unnerwegens weer na Huus.

Un as se sük weer torüggfunnen harren, do harr de Post en Deel van hör Drömen würkelk worden laten un harr hör en Kleed umsmeten van Breeven, Korten un Paketjes. Wat dar neet alls to 'n Vörschien kwamm! Harm, de Ostfreese, satt un leesde un packde ut un leesde weer. Wo was dat mögelk! Wor kregen se dat noch all her! Un wenn faken de Wille ok mehr was as de Gave – elker Kleenigkeit harr en Strahlenkranz um sük to ut luter Leevde.

Dat was all richtig overkomen; blot – dar stunn in de Breef wat van Salmjakpastillen, de dat Verkollen verdrieven sullen. De wassen dar doch neet in – unner 't Papier noch amenn – nee. De wassen in Huus liggen bleven. Man darför was dar ok wat in, wor in de Breef nix van stunn: en Soppenwürfel. O, de kunn hum wall gau mal topaß komen, wenn de Maag, as dat wall vörkwamm, wat mehr Füllsel verlangde. He wull hum man eerst sparen.

Dat was en paar Weke wieder in Tiet. Do kwamm eens goden Daags de Berliner in hör Bude rin, wichtig, heemnisvull: he harr wat! Harr wat köfft, wat »Delikates«!

Un vör hör Ogen leggde he up de Tafel en Stück Speck!
»Donnerwetter! Mensch! Glückspilz!«
Smüsternd truck he unner hör Upregen sien Meßt ut de Büxentaske, dat sull en lecker Brügge geven! Glatt un smerig deckde de fette Uplage dat Brot, un de Berliner sien Ogen nammen al en Vörsmaak. Nett sull en gode Laden tüsken de Tannen verswinnen, do brook Harm dat Swiegen un reep:
»Holt stopp — dat leevt ja!«
De Hand mit de Speckbrügge sackde dal. »Was lebt?«
»Hier — dien Speck! he löppt ja gliek van de Tafel!«
Harm prode platt, wor dat man angung, völtiets to 'n Vergnögen van de annern, de hum al männich Utdrück ofhöört harren.
De Speck wurr bekeken. Warraftig, he leevde!
En nüdelke Wurm reckde sien Koppke in 't Lücht, heel neesgierig, un dar noch een, un dar — un dar — un dar!
»Pfui Deibel!« — »Harrijasses!«
De moije Brügge, de düre Speck!
Wat nu? Wegsmieten? Well smitt nu wall wat weg, un noch darto so en Köstbarkeit!
De Ostfreese muß Rat weten as »Sachverständiger«, um dat he sotoseggen unner Speck groot worden was.
He wuß ok Rat:
»Twee Partejen hebben Anrecht up de Speck: Wurm un Minsk. Will de Minsk hum hebben, mutten de Wurms doot. Wat is eenfacher as dat. Water drup — kokend! Dann is de Budel redd!«
So wurr dat maakt. De Speck wurr ofkrabbt, so goot un so slecht as dat gung, un in en grote Pott vull Water

kookt. Jungejunge, dat gaff noch en lecker Soppe bito. Un de Berliner lade Harm as Dank för Hülpe ut de Not un för 't Pelseer de annern ok darto in.
»Kiek,« see Harm, »goot, wenn en spart. Dar hebb ik noch de Soppenwürfel van Wiehnachten her. De geev ik darto.« — »Bravo!«
»Man du mußt koken, Berliner, ik will eerst noch en Runn slapen,« hojahnde Harm, un so meenden de annern dat ok.
Man nu is dat all mit Unnerscheed, de een kummt, as man wall seggt, mit en Sinn för dat Praktische up de Welt, un de anner hett för kien twee Penning darvan mitkregen. To disse leste Soort hörde ok de Berliner. So fix as he was, wenn dat gull, de Mund boven 't Water to hollen, so unbehulpen kunn he sük bi dat Koken anstellen. Dat düürde en Settje, do wurr Harm, de nett mit sien beide lüttje Jungse in de Hammerk spazeeren gung, dör en Ribbenstööt to dat Dröömland ruthaalt:
»Du, wi muß ich denn den Würfel behandeln?«
»Dat steiht dar ja all genau up schreven, bruukst blot lesen,« see Harm körtof.
»Ja, det Zeug soll man mit kaltem Wasser anrühren und dann in den Topf jießen. Aber det löst sich schon uf!« meende de Berliner.
»Och wat, dat is Kriegsware, röhr man to!«
Un Harm smeet sük up de anner Siet; in sien Halvslaap hörde he tüskendör en Gegnuur un Gestenn, wat up stuur Wark sluten leet. Dann was dat sowiet.
Wenn dat Eten up Tafel stunn, dann leet elk sien söötste Drööm fahren un gung up de noch sötere Würkelkeit dal.

De dampende Sopp lachde hör mit blanke Fettogen an. Man — raar — so en Sopp harr noch nüms sehn: deepswart, nett as Enkt. »Angemeßne Farbe,«, see dar well, »wo soviel Maden drin verendet sind!«
Man dat smeckde goot, dat mussen se seggen, heel egenardig — heel apart. So na — ja, worna? Wor smeckde dat doch na? Harm was heel still worden, wiel he dar neet up komen kunn.
»Welchen Namen führt denn unser Menü?« froog een. »Das steht doch jedenfalls auf dem Würfel.«
Harm langde na de gele Umslag van de Soppenwürfel. Man — wat kleevde dar för en swart Ding boven an de Rand? Un en bietje wieder noch een — dat was — dat was ja — en Salmjakpastille?
Salmjakpastillen — sull he de neet to Wiehnachten hatt hebben? Un harr de neet kregen? Un nu . . .
Miteens begreep he 't. De Soppenwürfel — dat was heelkien Soppenwürfel west, dat was blot en Hülle, wor se hum in Huus Salmjakpastillen in packt harren . . .
»Na, kannste nicht mehr buchstabieren, Harm?« sloog en Fraag in sien Denken.
»Ja, Junge, dat is so eenfach neet«, see Harm, »hest al mal wat van Salmjakpastillen hört?«
»Ja — aber was soll das?«
»Hest dar al mal Sopp van eten?« froog Harm.
»Nee, Mensch, biste verrückt?« De Berliner tippde mit de Finger vör de Kopp.
»Hest doch,« see Harm, »nett even!«
Gesichter as Fragetekens — dann en Verklaren — un dann dat Gelach!

Hinnerk

Eenhus Ladendöör stunn haast de heele Dag neet still. Kinnergootje sluurde un klunterde in un ut, un de Töönbank muß sük wat van pickerge Marmeladenpotten andoon laten.

Dat harr weer neije Marken geven. En paar olle Wievkes stunnen mit Hanne unner de Schude un schullen, dat man mit sien olle Been noch sovööl lopen muß; un man kunn dat Spierke, wat 'n tokwamm, doch neet noch slippen laten, jonum wenn dat dartig Gramm Tee was! En Stück of wat jungerde Frauen, Arms over'nanner, wassen al en halve Stünne an Gang, 'nanner to overtügen, dat se 't baldadig drock un heelkien Tiet harren.

»Kiek, Hinnerk, ja — wat sull 't wesen?«

De dicke Eenhuske, de sük up hör Kittigkeit wat togode dee, süverde en Pottrand mit hör Duum, slickde de Finger of un dröögde hum in hör Schude.

»Dag mit'nanner!« see Hinnerk Boß un keek eerst de Riege langs, un as he alle bekennde Gesichter sach, nickkoppde he hör to. Dann schoov he sük wat nahder ran un grabbelde in sien Büüs rum: »Jekes, wor hebb ik de Papieren nu weer — o, dar sitt de Budel — ik wull mien Tee wall halen.«

»Gott ja«, see oll Naterske, de nahst hum stunn, »dat sünd ja man en paar Trecksels, man 't is doch wat!«

»Ja«, smüsterde Hinnerk, »'t is wat! En Drüpp Melk

kriggt man dar sachs noch in, dat Leepste is man de Kluntje! Dat Körrelke Zücker hest ja futt up.«
De Döörklocke pingelde al weer.
»Kiek, dar is Aafke ok! Dag, Aafke!« repen en paar junge Wichter. En fix moij Wicht kwamm dar in, rekend un schier, dat was Aafke de Buhr, de bi Müller Sanners deende. Se hörde nett, wat Hinnerk see, un lachde:
»Hest du de Kluntjes up, Hinnerk? Minske, de Maant fangt ja eerst an. Man och, wenn 't knippt, kannst der ok Hönnig in doon, de gifft ok ja!«
Hinnerk keek hör van de Siet an: »Gah mi weg mit dat Strunt! Kannst der en Pund van in doon, wenn 't söten sall. Un wenn du dat so ettst, dann kriggst der Kuuskellen van. Mag 'k nix van hören!«
Aafke lachde, un de Kwadigkeit keek hör ut de Ogen:
»Man kriggst du dann al Tee, Hinnerk? Du büst doch noch kien veertig?«
De annern stödden sük an un kniedelten sük vör Lachen: »Se hett hum weer vernarr!«
Hinnerk keek unseker in dat friske, lachende Gesicht un over dat vossige Haar, dat so in de Sünne uplüchten dee, un see verlegen: »Ja-a . . .«
»Dat sull 'n neet seggen, geihst noch för en jungen Keerl dör!« reep se.
»Ok anners noch wat, Hinnerk?« froog Eenhuske.
»Ja, wat — wull ik ok noch . . .« stamerde Hinnerk. »Is — is der ok Tebak?«
»Tebak — jawall! Van de beste«, dee se sük dick.
»Verreinstig? Rechte Tebak?« wull he weten.
»Ja, man he is wat düür«, meende se, »köst acht Mark.«

Hinnerk reet sien Ogen open un duukde sük, as harr he en Slag kregen.
»Wat — wat? Acht Mark? Sünd ji mall?«
»Hee«, lachde dat Ollske, »ocheer, dar rieten se sük um! Sall ik di en Packje mitgeven?«
»Harrijasses nee!« wehrde Hinnerk verfeert of.
»Wat, Hinnerk, büst du en Gitzlappe worden?« klung Aafkes heller Stimme dar weer tüsken. »Hest kien Kind of Küken to versörgen un verdeenst dien moije Geld? Wat deist dar wall alle mit! Mien Tebak wull ik dar doch van hebben in dien Stee!«
Weer gungen sien Ogen bisiet over dat darten Wicht hen. Gitzlappe — nee, dat se dat van hum doch! Wall harr he sük in all de Jahren en gode Stüver spart, dat was sien Stolt. Ja, wenn he wull — dann kunn der wall mal en Packje Tebak up stahn, ja, mackelk! Un — ja, dat wull he hör wiesen! He schoov sien Pole wat wieder in de Nacke un krabbde sük achter 't Ohr:
»Na — dann man to!«
»He — kiek ins«, braaskede Naterske, »Hinnerk denkt: eenmal kannst wall tegen Burmester tehren!«
»Dann geev mi dar ok noch man en Dööske Rietsticken bi«, see Hinnerk grootdoont.
»Rietsticken — wenn ik man een harr!« fung nu Frau Eenhus an un vertellde dree körten, dree langen, dat de in 't heele Loog neet to kriegen wassen, un dat se höört harr, de sull dat gau heelneet mehr geven.
Nu gaff dat en Uproor mit »Omann!« un »Ocheer!«, bit Aafke dar weer manken sprung: »Nu hett de arme Sloov Tebak un kien Swefelsticken!«

Man Hinnerk truck sien Pole weer up Stee un meende: »Dar weet ik wall Rat up; dat gifft ja noch Fidibussen!« Dann broch he sien Packjes unner, betahlde, see: »Dag mit'nanner!« — man dar keek he blot Aafke bi an — un schoov sük ut de Döör.

Hinnerk harr sien Levend nix as knoijen daan. De fievunfievtig Jahr allennig harren hum de Puckel neet so krumm bogen un dat Gesicht mit all de Follen verknittert un hum de Hannen so vull Eelte maakt. Knoijen harr he al as hennige Junge mußt, do harr he al för sien swacke Moder mitverdeent. Sien Vader harr he heelneet kennt. Alltiet för anner Lü harr he sük ofrackert un utsloovt, dat was he so wennt. Mit Denken harr he sük noijt vööl ofgeven, wenn he man dagelks sien Eten un Drinken un 's avends sien Bedde harr, mehr wull he heelneet.

Van sien bare Verdeenst, de ok neet groot was, bruukde he neet vööl, nett de Hüre för de lüttje Köken un de paar Ditjes un Datjes, de so to 't Leven hören deen. Dat meeste wuß hör to of wurr hör geven, hum un sien Moder. Solang dat Ollske leven dee, was he sünner Wünsk un Verlangen, gung vör Dag un Dau an sien Wark un kwamm faken eerst 's avends torügg. Wenn he middags neet na Huus hen komen kunn, wenn he up 't Moor arbeiden muß of so, dann mook sien Moder hum en Stück of wat deftige Pannkoken, un de namm he mit. »Man«, froog hum ins een, »so kolle Pannkoken, dat is doch nix to Middag!« »Kolle?« see he, »de legg ik mi 's mörgens futt up de blode Bost, dar blieven se lecker warm!«

Man nu was Hinnerk sien olle Bloot van Moder al en Jahr of wat doot. Se harr de Krieg neet mehr beleevt – Gottdank! see Hinnerk. Man se fehlde hum baldadig. Nu muß he sien eerste un sien leste Kopp Koffje sülvst maken, un nüms was dar, de sük so recht na hum umkeek. Dat was kien Tostand up de Dürte.
Un wenn he dann so lievallennig in sien Hörn satt, dann doch he wall mal na. Un do was hum miteens dör de Sinn schoten, warum he noch kien Frau harr. Froher harr he dar noijt an docht, harr dar heel kien Tiet to hatt. Man nu was dar faken buten de Arbeit noch allerhand Tiet. Un Moder was dar neet mehr – darför kunn he doch sachs en Frau mit unnerhollen!
Un wenn he sowiet komen was mit Overleggen, dann stunn in sien Gedanken miteens en drall, fix Wicht mit blanke Ogen un vossig Haar. Avend för Avend gung se an sien Fenster vörbi, dat Jück up de Nacke, un droog de sware Emmers vull Melk, as wenn dat nix was. Un elkermal, wenn se hum sach, harr se en Lachen un en fründelk Wort.
So 'n Wicht – Junge ja . . .!
Hinnerk gung na Huus to, Tee in een Taske un Tebak in de anner. He wuß heelneet, wat mit hum los was. He was noch neet vööl upgeregt west, man nu was he 't.
Dunner ja – so 'n Wicht!
Dat eerste was in Huus, dat he sük en Koppke Tee mook – as Öllje – dar kann 'n sük am besten bi bedaren. Dann namm he sien Döffke un stoppde hum mit de düre Tebak – oha nee! Eegentlik was 't doch Sünne un Schanne! Man – dat Wicht!

Wo olt mugg se wesen — twintig — fievuntwintig? He was nu ja al verleden Harvst fievunfievtig worden; man — noch klung hum dat in de Ohren: Du büst doch noch kien veertig? Geihst noch för en junge Keerl dör!
Se harr dat doch seggt!
Dat steeg miteens heel swööl in hum hoch, un dar binnen fung dat so benaut an 't Puckern.
Sull — sull — se dat woll doon, dat se hier as Frau bi hum kwamm? Heerja: Büst en Gitzlappe worden — hest kien Kind of Küken . . . see se. Was dat neet düdelk? Un recht harr se, dat sach ok ja ut, as wenn he 't tohoopkrabbde un för nüms wat over harr.
Ja — he harr wall wat! Hinnerk stunn up un reet de Kommodenlaa open. Dar lagg sien Sparkassenbookje: sövenhunnertunachtunveertig Mark harr he up de Sparkasse, van sien Verdennst spart! He harr wall wat! Un — se sull dat goot bi hum hebben, Aafke — wenn se dat dee!
He stellde sük dat vör, wenn dat nüver Wicht hier bi hum rumfuhrwarken dee. Wenn se koken un för hum sörgen un hum mit hör blanke Ogen anlachen dee, wenn he van sien Wark in Huus kwamm — elker Middag un Avend, de Gott worden leet . . . Hinnerk sedde sien Piepe, de hum dar rein bi utgahn was, weer in Brand . . . Wenn he man wuß, of se dat dee! He paffde allmachtige Wulken in de Lücht. »Sövenhunnertunachtunveertig Mark —« see he dann in sien Eenigkeit, »mi dünkt — se dee 't!«
Man — wo sull he dat anfangen!
Hör dat seggen un hör fragen — bi de Gedanke sackde hum de Moot weer heel un dall weg.

He satt un starrde düster vör sük hen. Un miteens verklarde sük sien Gesicht: »So geiht dat — ik will 't schrieven —!«

Up 't Hookboord stunn siet Jahr un Dag en Enktpott — he wuß neet mehr, well de bruukt harr — de stunn dar, un en Penne was der ok. Un in de Kommodenlaa funn sük ok noch wat Papier un en Kuvert, dat was al wat kruus un geelsk, man dat dee hum nix.

Nu düürde dat erst en Sett, bit de Penne — of wassen 't sien Fingers — sük an dat Schrieven wennde. He wuß heelneet, wennher he wall een in de Hand hatt harr.

Man na en gode halve Stünne harr he sien Wark daan.

Eerst wiskede he sük mit sien rode Büüsdook de dicke Drüppen vör de Kopp weg, un dann leesde he 't nochmal luut dör:

»Aafke de Buhr.

Willst Du Mir haben. Ich liebe Dir. Ich habe 748 Mark.

Hinrich Boß.«

So, dat harr he torechtkregen. De Fingers trillden hum, as he de Boog in dat Kuvert fummeln dee.

He keek na de Klocke: en halve Stünne sull dat noch wall düren, bit se vörbikwamm mit hör Emmers.

He sedde sük an 't Fenster up Luur. Wat was dat dar heet in de Köken!

He dröögde sük all man weg de Sweet of. Un de Tung stunn hum stief in de Hals . . .

Dar — klapperde wat, as wenn dar een mit 'n Jück ankeem. Un richtig!

Nu — hen!

»Aafke —«

»'n Avend, Hinnerk! Hest dien düre Tebak al probeert? Köst en Daler, smeckt derna, wat?«
»Aafke —« hum satt en Klute vör de Hals, »hier is en Breef —«
»En Breef?« froog dat Wicht verwunnert.
»För well?«
»För di!«
»För mi?« Se wuß neet, wat hör overkwamm. »En Breef — worher?«
»Ja —« stütterde Hinnerk, un dat rode Büüsdook muß weer sien Dennst doon, »för di —« un he drückde hör dat Schrieven in de Hannen un leep in 't Huus, leet sük in de Hörn fallen un starrde up de Grund.
So satt he, bit van buten en Lachen upklung un en Stimme halv düll, halv lüstig reep: »Büst du rein un dall mall worden?!«
Un do weihde hum en Blatt Papier vör de Foten, un dann klapperde dat, as wenn een mit en Jück wiedergeiht.
Dat was al düster, do satt Hinnerk noch in sien Hörn, dat Döffke in de Mund, man de düre Tebak brannde al en Sett neet mehr. Un up de Grund lagg noch dat witte Papier.
Dann stunn Hinnerk up. »Laat gewähren!« see he. »Is en raar Gootje, so Fraulü, kannst nix up an!«

Mit Jan Klein

Seß Ühr abends in Septembermaant. Up d' Auerker Kleinbahnhof stahn de rode Wagens, dat tuckert dar al in, en Teken, dat 't gau losgeiht. »Ick lööv, in de middelste Wagen sitt 'n noch am besten«, seggt en ollere Mann tegen en Frau, de hum in Arm to faten hett. »Dann der man in!« Un he helpt hör bi de Drüppels umhoch: »Jekes ja, wo könen se de wall so hoch maken, kannst je neet tegen stappen!« stennt se. »Ja, de menen ja wall, alle Lü hebben Stoorkebeen. So, nu wieder! Kiek, dar an 't Fenster is noch en Stee!«

Se sackt mit en Sücht dal, he packt en grote bruunleeren Taske boven in 't Nett un sett sük an hör Siet, hör tegenover sitt en Ollske. En junge Fent kummt un stüürt up de nahste Bank an; en junge Frau up de anner Siet treckt en Kinnerwagen wat dichter na sük to, dat he derlangs kann. Nu sitt haast up elker Bank een: dar kann man an marken, dat 'n in Ostfreesland is. Annerswor söken de Minsken Sellskup, hier will elk eerst mal för sük blieven. Blot de bi'nanner hören, gahn ok bi'nanner sitten. Eerst as dat neet anners geiht, word de Stee innomen, de jüst noch free is.

Dar kummt noch en Kinnerwagen, en Oma schufft hum drin; wor sall de noch hen? Ha, dat geiht all, se hebben ja wall eerst an de Gang in de Zugwagen Maat nomen, vör dat se de Kinnerwagens bauen. Oma sett sük

up Hook van de Bank darnahst, tegen en Frau, de hochup un stolt an 't Fenster sitt, pick in 't Swarte un mit en vörnehm Gesicht, tegenover van en Opa mit en griese Bart.
»'t is sowiet«, seggt de ollere Mann tegen sien Frau. Un dadelk, de Zug sett sük in Bewegen. Dat rasselt un dat stampt, alls fangt an t' trillen, man kann sien egen Wort neet verstahn. Darum seggt ok eerst nüms wat.
De junge Frau kickt in de Kinnerwagen, dat Lüttje slöppt. Dann kickt se bi sük sülvst dal un striekt hör Rock glatt. Se hett sük moij maakt: hellblau schient hör Kleed unner en lechtgraue Mantel weg, de witte Insatz is ut Siede; se is as ut en Kuffertje nomen. Geel krullt sük dat Haar unner en bunte Dook.
In de anner Kinnerwagen röögt sük wat unner de hoge Kappe, de an de Binnensiet heel mit rosa Tüll betrucken is. Oma klappt de dunkelgröne Kappe dal, nu hangt en Enne Tüll up en lüttje Kopp, un Handjes griepen derna un rieten drin herum. »He, he, he!« seggt Oma, se buckt sük un sett en lüttje Mann in de Küssens hoch, de mit grelle Oogskes um sük to kickt. Opa mit de griese Bart nickt hum to. De Frau mit dat vörnehm Gesicht dreiht de Kopp na 't Fenster. De Zug blifft stahn.
»HALTESTELLE!«
Twee junge Wichter stiegen in, se hebben 't drock mit'nanner, een sett sük tegen de junge Fent, de anner hör tegenover, man de Keerl dor mutt erst sien Rucksack van de Bank ofnehmen, vör dat se sitten kann.
De Zug ruttert wieder.
Miteens en Geblarr: dat lüttje Kind is upwaakt. De junge Moder schukelt de Wagen hen un her; nützt nix, dat

Brullen word luter. Dat vörnehm Gesicht dreiht sük van 't Fenster weg un smitt en Paar fileinige Ogen darhen. De junge Frau tillt de lüttje Bruller drut. Nützt nix, dat Kind raart Snött un Quiel. Se grabbelt en Buddel ut de Wagen un stoppt dat Snuutje mit de söte Drank — still is 't.

POPENS!

röppt dat buten.

»He« un »Se« komen drin, elk sücht, dat se bi'nanner hören, sien Arm um hör Schuller föhrt hör leevtardig na en Stee. »Dar könen wall dree sitten!« seggt he. »Mackelk! gifft dat Ollske to, rückt dichter an de Wand un nimmt dat balstürige Paket up Schoot. »Sall ik dat boben henleggen?« fraagt he. »Nee, nee«, se hollt dat mit beide Arms fast, »geiht wall so!« De beiden gahn dicht an'nanner sitten.

»Kannst dat Sitten ok uthollen?« fraagt de ollere Mann sien Frau.

»Dat geiht wall«, seggt se. »Ik hebb hör nett ut Krankenhuus haalt,« verklart he de Frau tegenover. »Ocheer, wat schaad jo dann?« Vull van Mitgeföhl nimmt se de Proot up. »Blinddarm opereert? Ja, dat is en mall Spill, hett mien Dochter ok hatt.« Un se vertellen sük tegensiedig, wat se all dörmaakt hebben.

»SCHIRUM!«

En Frau mit en lüttje Jung söcht en Stee. »Kumm, Leev!« Se sülvst sett sük bi de junge Frau hen un hum up de Bank tegenover, wor al en Heer an 't Fenster sitt. »Kiek, dar is ok en Puppi!« Dat Lüttje, dat over sien Buddel induselt was, ritt de Ogen open un bekickt de frömde Gesichten. De Moder packt de Flesse weer weg. »Is 't en Wichtske?« fraagt hör Naberske fründelk. »Ja«, lacht se bliede. »Wo olt?« »Acht Maant«. »Och, wat en lecker Kind! Wat sünd se doch nüdelk!« Se eit over de runde Backjes. »Lüttje Unschuld!« De stolte Moder nimmt hör Kindje hoch, dar — ut dat unschüldig Mundje kummt en witte Gulp, nett akraat over de moije Insatz van dat blaue Kleed! Se ritt dat Kinnerdook of un frifft un wisket an sük rum. »Ja, sowat kummt dar all bi vör«, seggt de Frau an hör Siet. »Laat dat, Jung!« fahrt se dann hör lüttje Söhn an, de mit sien Been an 't Bummeln is.

»HOLTROP!«

De Mann mit sien Rucksack stiggt ut, dat junge Wicht glitt up sien Stee an 't Fenster, hör Fründin sett sük nahst hör. Se hebben sovööl to proten un to guffeln. De junge Mann kickt stief to 't Fenster ut.

De lüttje Fent in de Wagen fangt an to knören. Oma sett hum up hör Schoot, hör brune follerge Hand hollt dat Koppke: »Kiek man eevkes ut!« Sien grelle Ogen lopen na buten: dar danzt sovööl vörbi: hoge Bomen mit swarte Tacken un gröne Bladen. De olle Mann wiest dör 't Fenster: »Kiek dar — Muhkuhs!« Man darhen sperrt Omas dicke Duum de Utsicht, de lüttje Mann sabbelt ut Vertwiefeln drup herum.

»WRISSE!«

De Frau, de mit de Blinddarm van hör Dochter noch heelneet to Enn raakt is, steiht up: »O Heer, dat is Wrisse, ik mutt der ja ut! Wor is mien Schirm?« De ollere Mann gifft hör Kuffer un Schirm, se röppt noch gau: »Gode Betern!« un neiht drut.

Een Tietlang seggt nüms wat. In AURICH-OLDENDORF stiggt noch en junge Fent in, he stüürt futt up de anner an, de de junge Wichter tegenover sitt. De beiden stöten sük an, se guffeln wieder. De junge Keerls kennen sük schients, se proten mit'nanner. De lüttje Jung, he mag seß Jahr wesen, klautert up de Bank. »Laat dat, Jung!« seggt de Moder. »Ik will utkieken!« kreiht he. »Dat kannst ok, man mußt sitten gahn!« »Nee«, röppt he, »dann kann ik nix sehn, de Unkel sitt ja an 't Fenster!« De Unkel, so as 't lett, en beter Heer mit en Brille up, leest in en Book; he kickt heelneet up. De Moder seggt nix un lett de Jung gewähren. De hollt sük an de Lehne fast un bekickt sük nu de Welt van boven; he dreiht sük dar heel bi rund. Achter hum sitt en Frau mit en Hoot, wor en Sleier umto bunnen is. De Ennen van de Sleier wüppen bi 't Fahren hen un her. He kickt sük dat Spill en Sett an, dann fangen sien Fingers darbi an to tiepeln, bit de Frau de Kopp dreiht: »Wat maakst du dar?« He lacht, sien Moder röppt: »Laat dat, Jung!«
»GROTEFEHN!«
De Frau mit de Sleier un en fievteinjahrig Wicht bi hör gahn der ut. De leevtardige Heer sücht, dat de heele Bank free is, he treckt sien »Se« mit sük darhen. Dat Ollske will nett hör dicke Paket weer van de Schoot of up de Bank leggen, do kummt en olle Keerl mit en Stock un en Ollske mit en Küssenbüre vull Reev un setten sük darhen; de blaudobelde Küssenbüre word up Grund sett un unner de Bank schoven.
De junge Moder hör lüttje Unschüld slöppt nu fast, se packt hör vörsichtig in de Wagen.

Oma word de lüttje Fent ok lastig up Schoot, se sett hum in de Küssens torügg. Man de lett sük dat neet gefallen, he fangt an to brullen. »De weet al, wat he will!« seggt de Olle mit de griese Bart. He buckt sük na de Lüttje: »Kannst kien Muhkuhs mehr sehn, word düster buten!« De Jung brullt, Oma nimmt hum weer up Schoot. He söcht na hör dicke Duum un sabbelt drup. »He kriggt Tannen«, seggt se, »dann sünd se so quesig. Man na, wi sünd der gliek.« »Will ja na Spetz?« fraagt he. »Ja, un darum mutt he der weer in, helpt nix!« Se sett hum in de Wagen un treckt hum en himmelblau wullen Mützke over de Kopp. De lüttje Fent bölkt luuthals un ritt sük dat Poolke weer of un goijt dat up de Grund. »Lümmel!« schellt Oma un sett hum dat weer up. De lüttje Bölkert fangt weer an 't tülen, swapp — hett he en Klapp over de Fingers. De vörnehme Dame an 't Fenster schüddelt de Kopp, sowat is se seker neet wennt.
»SPETZERFEHN!«
Oma huckselt mit hör Wagen drut, de Schaffner kummt un helpt hör. »Wo lange mutt wi noch, Mama?« fraagt de Seßjahrige, de up sien Bank steiht. »Eenmal mutten wi noch hollen, dann stiegen wi ut«, seggt se. Miteens geiht dat Lücht boven unner de Decke an. He kickt umhoch, Kopp in de Nacke, un as de Zug weer ansett, schütt he achterover. »Jekes, Jung!« Sien Moder fangt hum up un sett hum bums up sien veer Bookstaven. »Nu bliffst sitten!«
De beide Wichter hebben Spaß mit de beide junge Keerls; nu de anner darbikomen is, hett sük de erste ok

verdriestert. Se geven düchtig an, de Wichter schackern 't ut. De vörnehme Dame an 't Fenster kickt strafend na hör hen: do se so olt was, was de junge Welt noch maneerelker . . Man de sehn hör heelneet.

»STRACKHOLT!«

»Mutt wi der nu ut, Mama?« »Nee«, seggt se, »wenn he nu weer hollt. Mutten Se noch wiet?« fraagt se de junge Moder tegen sük, de neet heel proterg is. »Na Stiekelkamp«, antwoort de. »O, dann bünd Se der ja ok bold. Man is blied, wenn man mit de Kinner eerst weer in Huus is.« Hör lüttje Söhn is weer up Bank klautert. »Laat dat, Jung!« röppt se, man he sleit dar neet up to. He kickt up de Heer mit sien Book. Dat Lücht schient van boven up sien Glatze, dat se örnelk glimmt. »O, Mama, kiek even, wat hett de Unkel en blanke Kopp!« All Ogen in de Wagen kieken darhen, de word rot bit over de Ohren, man he leest wieder, he deit tominsten so. De Moder hett ok en rode Klöör, se tüült hör Jung weer up sien Stee dal: »Bliffst nu sitten!« Up all Gesichter liggt en Smüstern, de beiden Wichter sticken haast vör Lachen. Blot de vörnehme Dame sücht man 't an, dat hör de Sellskup hier to minn is.

»BAGBAND!«

»So, nu kumm her, Jung!« De Moder nimmt hör Paketen un treckt hör Söhntje mit sük. »Komen Se man goot hen!« seggt se noch an de junge Frau. Up hör Stee sett sük en Wicht mit en rode Pullover un en lange graue Büxen. De beide junge Wichter stöten sük an un bekieken hör van d' Siet. »He« un »Se« hebben sük dat bequem maakt up hör Bank; se liggt mit Kopp an sien Schuller

un slöppt, he hett sien Arm leevtardig um hör to leggt un maakt ok de Ogen dicht.
De olle Mann mit Stock bekickt dat Wicht mit de graue Büxen. He buckt sük na dat Ollske an sien Siet: »Is dat nu en Keerl of en Frauminske, de dar?« Dat Ollske stött hum an: »Neet so luut! Dat is en Frau.« »Hett ja 'n Büxen an!« seggt he. »Ja, wees man still, Welt is verdreiht vandage!« De der umto sitten, lachen vör sük hen.
De junge Moder fangt an, hör Mantel totoknopen, se luurt dör 't Fenster na buten, man dat is nu heel düster.
»STIEKELKAMP!«
Se rullt hör Wagen drut, de Schaffner kummt weer un helpt. En anner Frau stiggt in mit en veerjahrig Kind, se nimmt de Stee in un sett hör Dochterke sük tegenover.
De ollere Mann steiht up un haalt de bruunleeren Taske der boven of. »Sünd wi der al?« fraagt sien Frau. »Lange düürt dat neet mehr«, seggt he, »hest even slapen?« Se schüddkoppt: »Nee, blot Ogen dichtmaakt.«
Dat Wicht mit de rode Pullover knipst hör blanklackeerde Handtaske open un haalt en Plate Zückerla vandag, breckt dar wat of un fangt an to eten. Se ett dat as Brot. Dat Wichtske hör tegenover maakt grote Ogen.
Miteens word hör en Stückje Zückerla tolangt: »Da — magst das?« Dat Lüttje kickt hör Moder an, de nickkoppt: »Wat seggst dann?« »Danke«, lüstert se un stoppt gau de söte Gave in 't Mundje.
»HESEL!«
De ollere Mann helpt sien Frau hoch: »So, Moder, nu will wi sehn, of wi ofhaalt worden.« He föhrt hör vörsichtig an Arm na buten. Een van de beide Jungse mutt

der ok ut, de Wichter lachen un wenken hum na. Dat Wicht mit de rode Pullover hett hör Zückerla up, se knipst weer de swartlackeerde Taske open un nimmt dor en Spegelke ut, bekickt sük van alle Kanten un tüült an hör swarte Krullen rum, bit se hör na d' Sinn sitten. De olle Mann mit Stock lett kien Oge van hör. Dann grabbelt se en Dööske rut un fangt an, sük de rode Lippen noch roder to maken. »Nee, kiek ins«, seggt de Olle, »de is ja wall van Zirkus!« Dat Ollske treckt hum an Rock: »Still doch!« He gniffelt vör sük hen: »O, o, o, wat en Figöök! Ik segg alltiet: Is kien maller Goot as Minsken, kannst der wall Apen mit fangen!« Man de mit de graue Büxen steckt sük en Zigarette an un pafft blaue Ringen in de Lücht. »Ja«, seggt de Olle, »de is van Zirkus, kannst up an!« De Lü um hör to grienen.

»HESEL-FABRIK!«

Nüms will drut, he fahrt wieder.

Do röppt dat lüttje Wicht mit en helle Stimmke: »Oma, ik mutt!« Hör Oma schüddelt mit Kopp: »Mußt noch wachten, bit wi utstiegen!« »Wennher stieg wi dann ut?« »In Brinkum, Leev.« »Is dat noch wiet?« »Nee, noch eenmal hollen!«

De vörnehme Dame an 't Fenster starrt na buten, wor se nix mehr sehn kann. De beide junge Wichter fründjen mit de een junge Mann wieder.

»HOLTLAND!«

Man nu steiht he up, gifft hör beide de Hand un se nicken achter hum an, bit he buten is. Dat lüttje Wicht röppt mit Not in hör Stimmke: »Oma —!« Oma schüddkoppt weer: »Nee, hier kannst neet, Kind! in dit olle Dingerees giff 't sowat neet!« »Nee«, mengt sük de Opa mit de Bart in 't Gespreck, »sowiet hett Jan Klein dat noch neet brocht!« »Dar mussen se ok för sörgen«, seggt de Olle mit Stock, »verdeenen sovööl Geld, de olle Bahnkeerls!« De Proot darover geiht hen un her; dat lüttje Wicht sitt up Bank to schukeln.

»BRINKUM!«

»So, Leev, nu kumm man gau!« Oma faat dat Lüttje an de Hand.

»Ja«, röppt de Olle mit Stock hör na, »man gau an Slootskante!« »Willen hopen, dat se der noch henkummt!« meent de Opa mit Bart. De vörnehme Dame haalt hör Reev boven van 't Rick of, se will wall wiesen, dat se de langste Tiet notgedrungen in dit Milljö tobrocht hett.

»LOGABIRUM!«

Se steiht up un geiht dar nett so vörnehm ut, as se dar seten hett. Kien een sleit drup to. »He« un »Se« finnen ok weer to de Drööm ut. Se frievt sük de Ogen, he hojahnt. »War sünd wi?« fraagt se.

»LOGA!«

röppt de Schaffner. »O Heer, dann sünd wi der ja al!« Se springt hoch. »Och, Tiet genug!« bedaart he hör. Opa mit Stock un Oma mit Küssenbüre sünd ok anlangt. De Schaffner haalt de annern de Karten of.

Nu düürt dat neet mehr lang, dar komen al de Lüchten van de Stadt in Sicht. Elk packt sien Kram bi'nanner. Wi sünd in

LEER!

Woorden

Aam Atem
Achterhuus Hinterhaus
al schon
all(e); a. man weg alle(s), welche; immerfort, andauernd
amenn schließlich, vielleicht
arven erben
Arvt Erbse

baar klar, rein, wirklich, richtig
Baas Herr, Meister
baldadig mächtig, tüchtig, gewaltig, ungeheuer, besonders
Balje flaches Gefäß, Kübel, Wanne
balstürig unförmig; unbändig, ungestüm
bedaren beruhigen
Beddsdöör Butzentür
bedregen betrügen
bedröövt armselig, betrübt, niedergeschlagen, traurig
Beeje Beere
Beene, in de B. sacken aufgeben
begrootsnuten bereden, bekritteln, nörgeln, tratschen
bekrumpen armselig, beengt, karg, kümmerlich
Beleevsel Erlebnis
beloven versprechen
benaut bange, beklommen, verlegen
beschicken erledigen, schaffen, verfügen
besteden anstellen, unterbringen, verdingen
betrecken verprügeln
Bieter Beißer, Beißwerkzeug
bilangs längs, entlang; voran, -bei
bito außerdem, nebenbei, obendrein
blaußangen lila
Blick; B. in Neers Blech, (Henkel)gefäß, Wundsein, »Wolf« (nach vielem Gehen); wunder Hintern

blicken blechern
blied(e); froh;
Bliedskup Freude
Blixem Böse(wicht), Teufel
blood bloß, nackt
blot bloß, nur
Boltje Bonbon
bor(d)evull randvoll
Böskup Auftrag, Besorgung, Botschaft
Bössel Borste, Bürste
bösseln bürsten, fegen, reinigen, auch: jagen, rennen
Bost Brust
Bott Raum, Platz
braasken laut sprechen, dicketun, prahlen
Brör Bruder
Brügg(e) Brücke; Butterbrot
Budel Angelegenheit, Geschichte, Kram, Sache
Bült(e) Haufen
Bunk(je) Gräte, Knochen
Bust(e) Riß, Spalte
Buuk(je) Bauch, Bäuchlein
Büüs(dook) Tasche(ntuch)
Büx(piepe) Hose(nbein)

daags (all)täglich
dadelk tatsächlich, wirklich
dagelks (all)täglich
dal herunter, hinab
Dalslag Fehlschlag, Reinfall, Kummer
dameet dann, demnächst, nachher, später
dar-, derlangs den Weg entlang, dahin
darten ausgelassen, fröhlich, lebenslustig, übermütig
Deel; over D. Diele, Teil; in einer Wohnung
deffenderen verteidigen (frz.: defendre)
deit, dat d. hum nix das macht nichts (aus)
Dickkoppen Beer große Bierflaschen (m. Porzellanbügel-Verschluß)
Dieker Deicharbeiter, -anwohner
Dingerees Ding
Ditjes un Datjes dies und das, Kleinigkeiten
Dobbe Grube, Teich
dobeln würfeln
Döffke Pfeifchen
doof taub, dumm, leer
Döögneet Taugenichts

Döögt; weet de D. Kraft, Tugend, Zuverlässigkeit; weiß der Himmel

Dook Tuch

döpen taufen

Drafft Trab, Eile

Dreetall Dreizahl

Dreih Biegung, Kurve

drock; Drockte eilig, geschäftig; Geschäftigkeit, Unruhe

Dröögte Trockenheit

Drubbel Gruppe, Haufen, Schar, Trupp

Drüppel (Tür-)schwelle, Stufe

Duddelapp(e); duddig Dummkopf, Trottel; dumm, schläfrig

düll aufgebracht, verärgert, wütend, zornig

Dülligkeit (Jäh)zorn, Ingrimm, Wut

Dunner; Dunners Donner, Böse, Teufel; verdammte Kerle

dunners(e) verdammt(e)

düren; Dürte dauern, bestehen; Dauer

dusig benommen, schwindlig

Düütsder Nichtostfriese (wörtl.: Deutscher)

dwars (ver)quer

dwirlen quirlen

Eelt(e) Hornhaut, Schwiele

Eenigkeit, in sien E. bei sich selbst

eevkes kurz

ehrder ehe, bevor

eien (lieb)kosen, streicheln

elk(er); -mal jeder, jedes; jedesmal

enerwors irgendwo

Enkt(pott) Tinte(nfaß)

Enne; in't E. . . . scheten zusammen, hoch; empor-, hochfahren

evenredig ausgeglichen, gleichmäßig

faak, faken häufig, oft

faat kriegen ergreifen

fälli(g)? ist etwas gefällig?, wie bitte?

Feidel Aufnehmer, Scheuerlappen

Fent Junge

Figöök etwas Eigenartiges; seltsame Gestalt, Spottfigur

fileinig giftig, hinterlistig, scharf

Flack Fläche
Flappsnute Schwätzerin, Verräterin
fle(j)en schichten, stapeln
Fless(e) Flasche
flüsen wühlen, zupfen
föddern fordern
Foll(e); follerg Falte; faltig
freebostig freimütig, hochgemut, unbekümmert, unverfroren
fr(i)even reiben
frocken quengeln, stänkern, zanken
froh(er) früh(er)
fründjen flirten, poussieren
Fründskup Freundschaft
fuchtig feucht, naß
futt gleich, sofort
fuul schmutzig
Füürplate eiserne Platte um die Feuerstelle herum

Gatt, Gaten Loch, Löcher
gau schnell
geboren geschehen, vorfallen, -kommen
Gebreck Mangel, Not
Gedoo Getue
Gedrüüs Gewühl, Trubel, Unruhe
geel; geelsk gelb; gelblich, vergilbt
Geheel Ganzes
Geproot Geplauder, Gerede, Rederei
Gestenn Gestöhn
Gevel Giebel
gewähren; laat g. gestatten, zulassen; egal, ganz gleich
Gitzlappe Geizhals
glennen glänzen, glühen
glieden, glee gleiten, glitt
Gliev(e) Ritze, Spalt
glupen gaffen, glotzen, starren, stieren
gniffeln, gnifflachen schmunzeln, grinsen, höhnen, höhnisch lachen
godig gutmütig, gütig
goijen schleudern, werfen
Goothals gutartiger, -mütiger Mensch
Gootje Zeug, Kram, Plunder, (auch abfällig von Menschen)
Görtsoppe Grützsuppe
Gottsbloot Einfalt(spinsel), einfältige Seele, armes Geschöpf
grammieterg verdrießlich
gremen zurechtbrauen, manschen

gries grau, fahl
grieselk grausig, gräßlich, fürchterlich
grootdoont großspurig
Grummelslag Donnerschlag
Grund Erdboden, Grundbesitz; Ursache
güntsiet; Güntsiet jenseits, von der anderen Seite; andere Seite

Haalboom Querstange im Schornstein, an dem die Herdkette (beim offenen Herd) befestigt ist
haast fast, beinahe
Hackiesder Hackeisen
hagen freuen
Hammerk Hammrich, Grünland, Niederungsmoor
Hangelpüüt Hänge-, Handtasche
hannig flink, handlich
Hansmann Schlafanzug
Hartenskracht(en) Herzensgrund, -kräften
Hartpuckern Herzklopfen
heel (un dall) ganz (und gar)
heelneet (ganz und) gar nicht, überhaupt nicht, keinesfalls
Heeg Hecke
Hellhake Hausdrache, Furie, Kratzbürste
hendal her-, hinab, hinunter
hennig mittelgroß, halbwüchsig, ziemlich
hojahnen gähnen
Hook, -bord Ecke, Eckbord
Hörn Ecke, (Lehn-)Stuhl (in der Ecke beim Herd)
hörs(e); hörtwegen ihr(e); ihretwegen
Huck Stall, Verschlag
huckseln (langsam, schaukelnd) fortbewegen
Hundjedrafft Zuckeltrab (wörtl: Hündchentrab)
Hüre Miete, Zins

Iele Eile
Iever; ieverg; ievern Eifer; eifrig; (er)eifern, eifrig sprechen, streben
inbören einnehmen
inknüppen einprägen, -schärfen, (wörtl.: einknoten)
ins(sens) (ein)mal, einst

jöken jucken
jonum besonders, zumal
Jück Joch, Querholz (zum Tragen von Lasten, z.B. Milcheimern)
Jüffer Jungfer
jüst eben, gerade

Kamnett Kabinett (schrank)
Karteerühr Viertelstunde
kaueln dumm reden, quasseln, quatschen, schwatzen
Keers(e) Kerze
keiern spazieren, schlendern
kekeln streiten
kittig; Kittigkeit appetitlich, rein, sauber, tüchtig; Sauberkeit
Klabaster grober Schuh
klaterg armselig, elend, erbärmlich
klautern klettern
Kleer Kleider
Kleieree Geschmier
Klocke Glocke
Klöör Farbe
Klopperbude Morse-, Telegrafenbude
Klosterkatte, Kopp as en K. dicker Kopf, (wie eine wohlgenährte Klosterkatze)
Klute Kloß, Klumpen;
kluven klauben
Knevel (Laus)bube, Bursche, Flegel, Geselle, Schelm
kniedeln kneten, biegen, drücken; lebhaft, auch: schadenfroh freuen
Knippke Geldbörse, Portemonnaie
knoijen hart arbeiten, abrackern, schuften
Knoop *Knopf*
knören nörgeln, murren
Koppel Schar, Haufen
Koppke Tasse
Koppsehr Kopfschmerzen
Körrelke; een K. Körnchen; ein bißchen
Kö(r)ste Kruste
Kraakstohl Korb-, Lehnsessel
krabben kratzen, scharren
Krinth(je); Krinthstuut(je) Korinthe; Korinthenbrot, -brötchen
Krü(de)neerswinkel Kaufmanns-, Kolonialwarenladen, (niederl.: Kruidenier)
Krull Locke, Ringel

Kruutstuut(j)e Kräuterbrötchen (leicht süßlich, von Safran goldgelb)
Kruuttuuntje Gemüsegarten
Kuffer(tje) Koffer
kumpabel fähig, imstande
Kumpelment Empfehlung, Gruß
küren (sorgfältig) sehen, zielen
Kuse (Backen)zahn
Küssen(büre) Kissen(bezug)
Küssentje Bonbon
Kuuskellen Zahnschmerzen
Kwadigkeit Übermut, Unfug, Bosheit
kweteln faseln, (dummes Zeug) schwatzen

Laden (Ein)Ladung
laten lassen, aussehen
Lebend Leben, Körper
Leckerbeck Feinschmecker, Schlemmer
leeg niedrig, leer
leep, Leepste böse, furchtbar, schlecht, sehr, überaus; Schlimmste, Furchtbarste
leeren ledern
leevtardig zärtlich, liebevoll
legen lügen
Lei Schiefertafel
Lepel Löffel
leverla, mit l. allmählich
liek; -ut eben, gerade, direkt, senkrecht; geradeaus
lievallennig mutterseelenallein
Loog Dorf
Looppeerd Rennpferd
Loopstee Laufjungenstelle
löss(e) frei, leer, unbesetzt, lose
löven glauben
Lucht Luft
Lücht Licht
lustern, lüstern (aufmerksam und gespannt) lauschen, horchen, auch: flüstern, raunen, tuscheln
lüttje(t) klein(es), (er)
Lüüntje(klippen) Sperling(sfallen)

maanlecht mondhell
Maat Maß
mackelk bequem, gut, leicht, mühelos
mall *schlecht, verrückt*
Mallmöhlen Karussell

mang(en) zwischen, dazwischen

männich; -mal manch (ein); manches Mal, häufig, oft

Mau Ärmel

Meenen Ansicht, Meinung

meesttiets meistens

Meihte Mühe

Meßt Messer

Mester Lehrer

Miegheemke Ameise

minn; -achtig wenig; geringschätzig, verächtlich

Möge; elk sien M. Geschmack, Lust; ein jeder wie er mag

moij schön, hübsch, schmuck, nett, sauber, schier

Mundjetargeree Nibbeln, Nichtbefriedigung des Hungers durch N. (wörtl. Mundneckerei)

naar elend, jämmerlich, schlecht

Naber(ske) Nachbar(in)

Naberskup Nachbarschaft

naderhand nachher, -träglich

nahst neben, nachher, später

Natt un Dröge »Essen und Trinken«, (wörtl.: Nasses und Trockenes)

neij neu

neerkauen wiederkäuen

Neers Hintern

nei(h)en nähen, auch: gehen, laufen, rennen, prügeln

nett; n. gliek gerade, gleich; egal, einerlei

niedig, niedsk neidisch

nömen nennen, titulieren

noijt nie(mals)

nüdelk hübsch, niedlich

nümig aufgeweckt, verständig, drollig, niedlich

Nümigheit Aufgewecktheit, Verstand, Weisheit

nüms niemand

nüntjen summen, (leise) singen

nüver fein, hübsch, sauber

Obend; -ringe Ofen, Küchenherd; Herdringe

Ocheer Ach Herr

Oflegger Ableger, Nachkomme

ofslieten verschleißen

ofwachten ab-, erwarten

Ohmke Onkel, alter Mann
ollerlik elterlich
Öllje Öl
Ootje Oma
örnelk ordentlich
overdoon übertragen, schenken

Paaske(n) Ostern
Pack(je) Gesindel, auch Schläge; Anzug
Padd Pfad
Pand Pfand, Stück, Teil
Parl Perle
Pelseer Vergnügen, Scherz, »plaisier« (frz.)
Penne, Pentje; -döse Schreibfeder; Federkasten
perbeern probieren
pickerg klebrig
pick in 't Swarte; pickswart pechschwarz gekleidet; pechschwarz
Pieler Pfeiler
Pingel(teeken) Klingel (zeichen)
Pingstermarkt Pfingstmarkt
pleseerelk vergnüglich
Plünn(e) Lappen, Lumpen
Plytenbarg Plytenberg, 9 Meter hoher Hügel in Leer, im Volksmund höchster Berg Ostfrieslands
Pole, Poolke Mütze, Mützchen
Postje Amt
Priem Kautabak
priesherelk stolz, selbstherrlich, majestätisch, prächtig
Prökel Stocher
prot(j)en sprechen
pröven probieren, prüfen
pülen, pulen »pulen«, schälen, (vorsichtig) öffnen
Pulten Kleider, Krempel, Lumpen
Püüt; -sack Beutel, Tüte, Sack, Tasche; Sacktasche

quesig nörgelig, verdrießlich
Quiel Speichel, Geifer, Pfeifenjauche, Tabaksaft

raar selten, eigenartig, seltsam
Rade, to R. zu Rate, zu bedenken
raken (be)kommen, erreichen, treffen
raren flennen, weinen

reken (be)rechnen, kämmen

Reken; in R. hebben Rechnung, Verantwortung; Obacht geben

rekend un schier schmuck

reselveert entschlossen

Reev(e) Sache(n), Kram

Rick Gestell, Holz-Sitzstange, hier: Gepäcknetz

Riege Reihe

rieten reißen, machen, schwer arbeiten, eilen, laufen

Rietenspliet Draufgänger

Rietstick(e) Streichholz

rieven reiben

rögen rühren

Röök Geruch

Rötte Ratte

rubberg rauh, rissig

Rügge Rücken

Rullwagen Plattformwagen

Rüske Binse

Rüter-up-Peerd Reiter auf einem Pferd, traditionelles Nikolausgebäck (niederl.: ruiter)

ruug rauh, roh, wüst

Rüümte Raum

sachs wohl, hoffentlich

sachte leise, langsam

sagen sägen

Sappkook Lakritze

Saterdag Sonnabend

Schaa Schaden, Verlust

schackern lachen, schäkern

schaden fehlen, schädigen

Schapp Schrank

scheelen unterscheiden, fehlen

schellen; schull schelten, schimpfen; schimpfte, schalt

Scheppsel Geschöpf, (armes) Wesen

Schick Anstand, Form, Ordnung, Richtigkeit

Schienfatt (Hand)laterne, (Wind)licht

schier rein, hübsch, nett, sauber

schillen schälen, pellen, »auspacken«

schitterg schmutzig, minderwertig, schlecht

Schöddel(ke) Schüssel(chen)

schöfeln Schlittschuh laufen

schoon; rein, sauber

Schör Riß, Spalt, Sprung

Schösteinbossem Herd-, Kaminsims

Schude, Schuudje Schürze, Schürzchen

schulen blicken, schleichen, schwänzen

schüün schräg

Schüürpahl Prügelknabe, Reibfläche, wörtl.: Scheuerpfahl

Schuuv (Schub-)lade

schuven; schoov schieben, hier: davonstehlen; schob, stahl davon

sehr weh

Sellskup Gesellschaft

Sett(je) Weile, Weilchen

Slaatje; slaatjen Kautabak, Priem; priemen

Slaato (Betonung auf zweiter Silbe) (gutmütiger) Töffel

slanterg lotterig, schlampig, zerknautscht

Slee Schlitten

Sleef Holzlöffel; Dummkopf

slippen (ent)gleiten, (ent) schlüpfen, entgehen

slock gleichgültig, schlaff, willensschwach

Sloot Graben

Sloov alter, abgearbeiteter, armseliger Mensch (bedauernd)

Slött Schloß, Verschluß

smaals jedesmal

Smacht, smachtig Hunger, hungrig

smulten geschmolzen

smüstern lächeln

snappertannen mit den Zähnen klappern

snauen beißen, fauchen; schnauzen, schelten

Snött Nasenschleim, Rotz

snückern schluchzen, weinen

snüüs klug, pfiffig

Snuuvdook Taschentuch

Sönndagse, dat S. Sonntagsstaat, Gala

spaddeln krabbeln

Spell Stecknadel

Spieker(-backe), (-laa) Nagel(-kasten), (-schublade)

Spier(ke); een S. Halm; ein wenig

spieten; speet leid tun; tat leid

Spillwark Gegenstand, Sache, wörtl.: Spielwerk

spinkeleren spekulieren, überlegen

Spütter; spüttern Spritzer; spritzen, speien, spucken
stavern stolpern
Stee(tje); up Stee Ort, Platz, Stall, Stelle, Fleck; an den Platz, vor allem übertragen: in Ordnung
Steertenne Schwanzende
stennen ächzen, stöhnen
steveln stiefeln
stief starr, steif, stur, abweisend
Stiefsel *Stärke*
Stiege 20 Stück
Stint Stint (heringsartiger Fisch)
stofferg staubig
stoltern stolpern
stönen anlehnen, (unter)-stützen
Stöönpahl Halt, Stütze
Stoorke Storch
Stööt Puff, Stoß, Erschütterung, Augenblick
Störten, för 't S. überstürzt, im Nu, schnell
stöten, stödde stoßen, stieß
stoven, stuven stauben, auch: stieben, eilen, jagen
Stove (heizbare) Fußbank
Strunt Dreck, Mistzeug
struuv rauh, hart
stückelig gebrechlich
stücken *kaputt, entzwei*
Stück of wat einige
stüddig stetig, stets
stüren schicken, steuern
Stuten(deeg) Weißbrot (-teig)
stuur schwer
Stuutje Brötchen
Stuutwark (Weizen)gebäck
stuuv dicht, gerade, jäh, unmittelbar
Stüver alte Münze, Geld
Sücht Seufzer
sünig sparsam
sünner ohne
Sünnerklaas, -goot St. Nikolaus; Spekulatius
süver; süvern rein, sauber; putzen, reinigen, säubern
Swefelstick Streichholz
Swegerske Schwägerin
Swientje; swientjen Scheuerbürste; scheuern
swööl schwül, heiß, beklommen

tack aufrecht, rüstig, stramm, ungebeugt
Tacke Ast, Zweig
Tafel Tisch, Platte
Tann(e) Zahn

tegen; -des neben, gegen, abgeneigt; bis dahin
Teken Zeichen
tellen zählen
Tengel Nagel
tiepeln (be)fingern, hantieren
Tierape Zieraffe
Tiet of wat einige Zeit
tillen (auf-)heben
Timp Spitze, Zipfel
tinkeln blinken, blitzen, funkeln, glänzen
Tipp; up T. treden Spitze, Zipfel, Berührung; beleidigt
tohoop *zusammen*
tomoot zumute
tomöt(e) entgegen
Töön Zeh
Töönbank Ladentisch, Theke
Toorntje Türmchen
tötjen faseln, klatschen, plaudern, reden
Trappen Treppe
trauen heiraten
Trecksel Teemenge, auch: Teeblätter, die bereits gezogen haben
Tree Schritt(e)
trillen beben, zittern
trügg(e) zurück
trüllen wälzen, (t)rollen, hier: schlendern
trüselig schwindlig, taumelig
Tucht Zucht, Disziplin, Anstand
tucken ziehen, zerren, zupfen
Tuffel(rüden) Kartoffel (-roden)
tuffeln latschen, laufen
tülen zerren, ziehen
tüsken; -dör; -in inmitten, zwischen; zwischendurch; inzwischen, indessen
Tütje Huhn
Tüüg Kleidung, Zeug, Stoff, Wäsche
Tuun Garten
twalfen zwölf

um dat weil, damit
Undöögt Unart, Unfug (s.a. Döögt)
Ungels Water Kölnisches Wasser (wörtl.: Ungarisches Wasser)
unnösel unvernünftig, schwachsinnig, abnorm
unverwachts unerwartet
updoon auftreiben, bekommen, besorgen, erstehen, entdecken

Upförderej Aufführung
uphand(s) allmählich, nachgerade
Upregen Aufregung
Utmieneree Auktion
utscheien aufgeben, aufhören
utsloven (ab)quälen, (ab)mühen, bis zur Erschöpfung (ab)arbeiten

vanavends heute Abend
vandag zutage, hervor
vandage heute
vannachts heute Nacht
vannöden nötig
verbaast bestürzt, erstaunt, verdutzt
verbiestert betroffen, konfus, ver(w)irrt, verworren
verdexelt verteufelt, entsetzlich, sehr
Verdreet Ärger, Kummer, Verdruß
verdriestern erdreisten, erlauben, erkühnen
verfeeren erschrecken
vergrellt; Vergrelltheit böse, zornig; Zorn
verklaren erklären
Verkollen Erkältung, Schnupfen
verkroppen verschmerzen, vertragen
verlatern nachgehen, verspäten
verleden vergangen(es), vorig(es)
Verlichten; verlichtert Erleichterung; erleichtert
vermaken, sük wat v. sich die Zeit vertreiben, belustigen, vergnügen
vernarr hebben zum besten haben, einen Streich spielen, zum Narren halten
verneelen verderben, vernichten
verreinstig gewiß, wirklich
verwachten erwarten
Verwunnern; sien V. to de Tönen uthalen Verwunderung; sich unbändig wundern (wörtl.: seine V. aus den Zehen herausholen)
vigelinen fiedeln, geigen
vöölstovööl viel zu viel
vööltiets oft
Vörollen Ahnen, Vorfahren
Vörpoot Vorderfuß
vossig rotblond, rötlich

wachten warten
Warkeldag All-, Arbeits-, Werktag
Waske Wäsche
wassen, wuß wachsen, wuchs
Wedefrau Witwe
weken (auf)weichen
Weertskupp Gastwirtschaft
weerum zurück
weeten, wuß, wüß wissen, wußte, wüßte
well wer
wennen; wennt (ein)gewöhnen; gewohnt, gewöhnt, vertraut
wennher wann
Wicht(ske) (kleines) Mädchen
Wier Draht, Gitter
wiesen zeigen
Winkel Laden
Wöörde Bewegung, Getümmel, Unruhe, Wirbel
wor; worso wo; inwiefern

Zückergoot Spekulatius, (Zucker)gebäck
Zückerla Schokolade

Bei zusammengesetzten Wörtern ist im allgemeinen nur das Grundwort aufgeführt, z.B. Zementpüüt, s.: Püüt; ofwachten, s.: wachten)

Anmerkung

Die »Vertellsels« sind zwischen 1920 und 1950 entstanden. Die 4. Auflage wurde bearbeitet und in der Schreibung egalisiert, das Wörterverzeichnis (Woorden) wesentlich erweitert.

BIBLIOGRAPHISCHE ANGABEN zu einigen zuerst in Jahrbüchern und Zeitschriften erschienenen Texten. (Mutmaßliche Erstveröffentlichungen)

Sönndagsgeld. Ostfriesland Nr. 3. Februar 1949. Leer: Heimatvereine Ostfrieslands

Sünnerklaas. Ostfriesland Bd. V, Folge 10, November 1943, Leer: Bund ostfriesischer Heimatvereine

In 't Nachtwachterhuuske. Die Tide 5. Jg. H. 12, Juni: Friesen-Verlag: Bremen u. Wilhelmshaven 1922

Hinnerk. Friesen-Almanach für das Jahr 1920. Wilhelmshaven: Friesen-Verlag 1919

Eine Auswahl der Erzählungen erschien in Groninger Platt unter dem Titel *»Kinnerlaand«*, Winschoten: van der Veen 1968

Wilhelmine Siefkes

Bücher

Erinnerungen 221 S.
Hör eenzig Eegen (Zwei ndd. Erzählungen) 64 S.
Kasjen und Amke (Hdt. Roman) 333 S.
Keerlke (Ndd. Roman) 255 S.
* Ostfriesische Sagen ca. 300 S.
Rena im Königsmoor (Hdt. Erzählung) 125 S.
* Tant' Remda fahrt na Genua (Ndd. Erzählungen) ca. 160 S.
Tüschen Saat un Seise (Ndd. Gedichte) 48 S.
* Van de Pad of (Ndd. Erzählung) ca. 172 S.
Van lüttje un grote Knevels (Ndd. Erzählungen) 140 S.

* *Neuauflagen in Vorbereitung*

Schallplatten

Tant' Remda in Tirol un De Levenstiet
Best.-Nr. S 25-0001 (vergriffen)
Keerlke (Ausschnitte) und Gedichte
Best.-Nr. S 25-0003
Plattdeutsche Märchen
Best.-Nr. S 25-0005

VERLAG SCHUSTER LEER

Bücher

Tant' Remda in Tirol (Ndd. Erzählungen) 136 S.
Dor was ins mal (Ndd. Märchen nach Grimm) 112 S.

VERLAG C. L. METTCKER & SÖHNE JEVER